写给孩子的动物文学

Tuzi de Mao Mama
兔子的猫妈妈

[俄罗斯] 维·比安基 著　韦苇 译

北京时代华文书局

精彩的动物故事　不朽的生命传奇

韦　苇

　　工业文明和科技文明的发达，给人类自身造成一种错觉，使人们以为人和人的支配欲可以无限制地挥发，可以任意地奢侈。其实，地震和海啸就告诉我们，人和人的意志不是万能的，"人定胜天"不是一个放诸四海而皆准的不易真理。在地震和海啸面前，自以为万能的人和动物一样，抗拒不了更控制不了发生在我们这个星球心脏部位的激情。地震和海啸其实是把人类放在与动物同样的地位上，人类有时候显得更脆弱更无能，甚至动物已经对地震有预感的时候，人类还茫然无所知。这样来认识大自然，我们就会认识到人类的渺小；这样来思考生命，就能够摆脱"人类中心主义"的立场，就能消除人类对动物的傲慢与偏见，就能消除人类在大自然面前的错觉，承认人类并不是地球的主宰者、不是大自然的主宰者，人只不过是地球上一种能用大脑思考、用语言表达，从而具有物质和精神创造能力的动物而已。只有当我们认识到，地球是一个人与动植物命运与共的大生物圈，地球是人和动植物一起拥有的生存共同体，我们的生态伦理观念才能正确建立起来。这样，我们就会对有些生命意识和生态环境意识特别强的人怀有深深的敬意。所以，大自然文学、动物文学不可能在工业文明、科技文明和城市文明兴起的 19 世纪以前产生。当动物的生存问题因为工业和城市的迅猛发展而引起关注的时候，当作家对动物生命有新的理解的时候，以动物为本位、为重心的动物文学就应运而生了。动物文学作家只不过是用文学来思考大自然、思考生命的一批人，他们把真实的动物世界用艺术的语言经营成一个个精彩的故事、不朽的生命传奇，打造成文学图书的常青树。

动物文学能给孩子以独特的生命教育，从而有助于孩子的健康成长。

儿童从动物文学的形象中获得审美感动，与动物文学里的形象发生共鸣，与此同时，孩子会认识到，动物是一种与人类不同的生命存在，它们的行为可以促使孩子对人类的行为进行反观和反思，促使孩子审察人类自私本性的后果，从而克服人类的骄横和偏见。孩子在受到生命教育的同时，他们的人格也就能够在更宏阔、更丰盈的背景上得到健康的发展。

伟大的大自然文学作家米·普里什文的创作理念，就明显超越了环境保护和动物保护层面上的意义：他的作品激励读者去亲近大地母亲，去和大地和谐相处，去恢复与大自然的良好关系，去关注每一株草、每一棵树、每一种禽鸟野兽、每一座山峦、每一条河流。米·普里什文对大自然的理解，同常人很不一样，他说："我们和整个世界都有血缘关系，我们现在要以亲人般关注的热情来恢复这种血缘关系。"所以他语重心长地说："鱼儿需要清洁的水——我们要保护好我们的水源。森林里、草原上、山峦间，那里有种类繁多的动物——我们要保护好我们的森林、草原和山峦。""给鱼以最好的水，给鸟以最好的空气，给禽鸟野兽以最好的森林、草原、山峦。人总得有自己的祖邦，而保护好了大自然，就意味着保护好了自己的祖邦。"

高大的松树、清澈的湖泊、连绵的山峦、飞跃的松鼠、胆怯的小鹿，以及空气中扑面而来的脂香和果香，使得人的心灵能有一种与天地融为一体的感觉，可以获得从未有过的惬意和满足。

　　飞过天空的野鸭有无形的价值，出没于山间的灰熊有无形的价值；野外的声音、气味和记忆都有无形的价值。此刻，向森林走去，纵然只是向城市中央公园的绿洲走去，去看看鸟们筑在枝丫间的窝巢，我们感觉我们是去朝圣——心灵的朝圣。

目 录 | CONTENTS

好奇心是寻觅、探求、发现、创造的动力源。用动物文学来培养你的好奇心！

——韦苇

天蓝色的飞鼠

　　山上的密林里，像是上面覆有一层不透光的笼盖，人走进去漆黑一片，什么也看不见。终于，月亮从云层里钻出来了，一下就把森林照得亮堂堂的，云杉树上和松树枝叶上的积雪都反射出晶莹的光，白杨光滑的树干则现出了一柱银亮，白杨上端的一个黑洞于是特别显眼。

　　松树稠密的枝叶上，一只黑乎乎的长个子小野畜在轻快地一下接一下蹦跳着，一无声响。它停下来，闻闻，小嘴渐渐向上翘起。当它把上唇翻上去，一排尖利的牙齿就咧出来了。

　　这是一只黑貂，是所有小野兽的克星和杀手。就是它，爪子窸窸窣窣的，奔跑在松树的梢头上。

　　从白杨树上那个黑洞里，伸出一个两边支着髭须的圆脑袋来。过不一会儿，一只天蓝色小野畜蹿跑在积满了雪的树枝上，踩得积雪纷纷撒落下来。它轻轻一跳，就从这根松树枝跳到那根离得相当远的松树枝上。

　　天蓝色小东西尽管是跳得那么轻巧，可貂还是发现它了。貂一张弓似的躬起身，然后弹直，如出弦的箭一般，蹦到了另一根树枝上。貂在松树

的枝条上蹿跳，很快追上了天蓝色的小兽。

就捕猎能力而言，森林里的动物可与貂相匹比的，已经没有了。谁被它看见，就是灵活如松鼠吧，也是逃不出它的利爪的。

蓝兽听见有谁在追它，连头都不回一下，就赶快逃命，越快越好。它从这株松树跳到那株枞树。小兽耍花招，跑到另一棵枞树上躲起来，那也没用，貂仍是步步追逼。小兽跑到云杉树枝条的梢尖上，可貂一步不落地追到了它的身后。然而，在貂的獠牙眼看抠到小兽时，小兽却已经跳脱了。

天蓝色的小兽在树与树之间飞跳着，千方百计要甩掉对它紧追不舍的貂。于是一个逃，一个追，逃的追的都像鸟也似的在稠枝密叶间又飞又蹿。

蓝兽一跳，树枝一弹，貂随之也是一跳，树枝一弹，根本不给小兽以稍稍喘息的机会。

小兽的体力已经不支了，四脚已经软了下来，但它还得蹦跳，还得逃命。它跳啊跳啊，一下没抓住树枝，眼看摔了下去。没有，没有摔下地，而是抓住下面低处的一根树枝，用尽了它最后一丝余力往前跑，往前跑。貂追到了小兽上方的一根树枝上，从这里跳下去，逮住小兽是易如反掌了。

这时小兽逃无可逃：前面已经没有树枝了，前面是一条沟壑。貂也在小兽的上方停了下来，随即一鼓作气往下跳去。

它估摸好了小兽的位置，逮住小兽是十拿九稳的了。它的四只利爪按到了天蓝色小兽的位置上，可小兽猛一弹跳，一下飞了起来。它稳稳地在沟壑上空飞越，这紧张的情景，看着像是在做梦——这怎么可能是真的！但这确实是真的，一切都发生在明亮的月光下。

这是一只飞鼠，是林中的飞空能手，它的前腿和后腿都能往四面平平伸展，同它的身子连成一片飘飞的黑皮，让空气托着它自由地飞翔。

看着沟壑，貂可没有敢跳。它往前跳，就准得栽到沟壑里去。

飞鼠转动着蓬松的尾巴，像把舵似的，在沟壑上空兜了个圈，随后稳稳降落在那边的一棵云杉树上。

貂气得咔咔磨牙，快快地爬下树去。

天蓝色的小兽哧啦一下溜走，不见了。

树上的兔子

春水泛滥时，一只兔子遭遇了这样的故事。

一条宽阔的河流中央，有一个小岛，岛上住着一只兔子。兔子每天晚上出来啃小白杨树的嫩皮，白天悄悄躲在矮树林里，不然被狐狸看见就没命了。

这兔子年纪还小，是一只不算聪明的兔子。

它总是不大留意河上发生的变化。河水把许多冰块冲到小岛周围来了，噼里啪啦的，声音响成一片，它也没有觉察。

发大水这一天，兔子在矮树林下的家里睡觉。太阳晒得它浑身暖洋洋的，所以睡得特别香甜。它压根儿就没发觉河水正迅速地涨到它沉睡的岛上，直到它觉出身子底下的毛都湿了，这才猛一下醒过来。

当它跳起身来要逃走的时候，周围已经是一片汪洋了。

发大水了！不过现在水才漫过兔子的脚背，它赶紧往岛中央逃去——那里还是干燥的。

可是水涨得很快。岛越来越小，干燥的地方越来越少。兔子从这边蹿到那边，从那边又回头蹿到这边。它看到这个小岛用不了多一会儿就都将被淹进水里去了，而它又不敢往冰冷的激浪里跳。这样滚滚滔滔的河水，它是断然游不到岸边的。

它就这样心惊肉跳地过了一天又一夜。

第二天早晨，小岛只剩巴掌大一块小地方露在水面上了。幸好顶上有一棵粗大的树，上头长了很多节疤。这只吓得魂飞魄散的兔子，绕着大树跑，跑了一圈又一圈。

第三天，水涨到树脚下了。兔子拼命往树上跳，可是每跳一次就掉落一次，扑通一声跌进了水里。

最后，兔子总算跳上了挨地面最近的粗树枝。兔子好不容易在那上头找到了一个安身处，它就在那上头耐心等待大水退去。

水倒不再上涨了。

它并不担心自己会饿死，因为老树的皮虽然很硬很苦，不过肚子饿得慌时，还是可以当食粮的。

对它生命威胁最大的还是风。风把树枝吹得东摇西晃，兔子抓不稳这剧烈晃动的树枝。它像一个趴在桅杆上的水手，脚下的树枝恰似船帆在风中摇摆的横杆，下面奔流着深不可测的冰水。

兔子眼看着身下汹涌的激流里，随浪起起伏伏漂浮着大树、木头、秸秆，还有动物的尸体也从它眼下漂过。

倒霉的兔子看见另一只兔子随水浪慢慢漂过去，那上下晃荡的样子吓得它筛糠一般地哆嗦不止。那只死兔子的脚挂在一根枯枝上了，它肚皮朝天，四脚僵直，跟树枝一样漂流着。兔子就这样在树上趴了三天。

后来，水落下去了，兔子才跳到地上来。

现在它只好就这样在河中的小岛上待着，一直待到夏日到来。夏天，河水浅了，它才有幸跑到河岸上来。

雪地里的奶娃子

田野里满是残雪。但是兔妈妈们就陆续开始做产了。

小兔崽子一生下来，就东瞅瞅西瞧瞧，身上裹着件暖融融的皮大衣。它们一出世就会跑，只要吃饱奶，就从妈妈身边蹦开，躲到矮树林里，藏到密密的草丛中，趴着，悄没声儿的，不叫，也不乱窜乱跳。

一天过去了，两天过去了，三天过去了。兔妈妈在田野里四处蹦蹦跳跳，它们早把自己的娃娃给忘记了。兔娃娃依旧趴在它们躲藏的地方。它们可不敢随便乱跑哟——它们一窜动，就会被在天空巡弋的鹰隼们发现，或是脚印被正到处觅食的狐狸觉察。

它们就这么趴着。终于，它们看见自己的妈妈从眼前跑过去了。噢，不是的，这不是它们的妈妈，而是别的小兔子的妈妈——一个兔姨妈。不过，小兔子还是跑过去相求："给我们点儿奶吃吧！"

"行啊，请吧，请吃吧。"

兔子姨妈把小兔子全喂饱了，自己才接着向前跑去。

小兔子又回到矮树林里去趴着。这时，它们的妈妈正在给别的兔娃娃

喂奶哩。

原来，野兔妈妈们有这么一种规矩：它们把所有的兔娃娃看成是它们大家的孩子。兔妈妈在田野里跑动，不管在哪里遇到一窝兔娃娃，都会给它们喂奶。自己生的，别个兔妈妈生的，反正都一样。

你们以为，小兔子没有大兔子照料，就一定活不成了吧？才不呢！它们身上有妈妈生给它们的皮大衣，穿着可热乎呢，兔妈妈们的奶浆又稠又甜，它们吃一顿饱，就能几天不饿。

到了第八九天上，小兔子们就能自己吃草了。

乘船的松鼠

鳊鱼从河里游上了汪洋着春水的草地，一个渔人就划了一只小船，在草地上支下了个逮鳊鱼的袋形网。他的船在那些冒出水面的矮树树梢间，继续慢慢穿行。

在一棵矮树上，他看见一朵黄里透红的蘑菇，感到很奇怪。忽然，那朵蘑菇跳了起来，径直跳进了渔人的小船里。

这朵蘑菇在船里一落下，眨眼间就变成了一只松鼠。它浑身都在滴水，从头到尾毛发都是一缕一缕的。

渔人把松鼠送到岸边。松鼠嘣一下就从船里弹了出去，连蹦带跳地钻进了树林。

松鼠怎么会在水中央的矮树上的呢？在那里，它待了多久了？没有人知道。

森林大乐队

没到五月，夜莺就唱起它的歌来，白天尖声尖气地那个啼，夜里悠悠扬扬地那个啭。

孩子们就觉得这鸟也太让人不可思议了，它们白天连着夜晚地唱，那么哪会儿是它们睡觉的时间呢？孩子们不知道，鸟儿在春天是没有时间睡大觉的，它们想睡了，就休息一小下。它们唱一阵，稍稍打个盹儿，醒来又唱，一般也就是中午睡上一小觉，半夜睡上一小觉。

艳艳朝霞布满东方天际，彤彤晚霞映红西方天空，这两段时间，整个森林里的鸟儿都在歌唱奏乐，能唱什么就唱什么，能玩什么就玩什么，反正是各唱各的，各奏各的。你走进森林，可以听到有的在用高亢的歌喉独自放声清唱，这边提琴奏响，那边皮鼓频敲，更远一点则笛声悠扬，汪汪声、呜呜声、孔孔声、唉唉声、吱吱声、嗡嗡声、咕呱声、嘟噜声，要多热闹有多热闹。

燕雀唱了，莺鸟唱了，它们的歌声清脆而嘹亮，鸫鸟是特别爱唱特别能唱的鸟，它的歌声也一样是脆亮亮的，传得很远。提琴是甲虫和蚱蜢拉响的，鼓声是啄木鸟敲响的，吹笛子一般声音尖尖的，有黄鸟和格外袖珍的百媚鸟。

狐狸和白山鹑有点像狗吠，牝鹿的叫声有点像人咳嗽，狼呜呜哇哇地嗥，猫头鹰不时地哼哼，丸花蜂和蜜蜂不停地嗡嗡嘤嘤。最能喧闹的是青蛙，咕咕呱呱，就不知道什么是疲倦。

嗓子不中听的动物也叫，它们不觉得自己有什么不好意思的。它们就各自选择乐器，难听好听，反正能玩就可以。

啄木鸟找的都是枯树。它的嘴壳子频频向枯树啄去，于是森林里就响起了皮鼓的咚咚声。那坚硬的嘴壳子就是它们最好的鼓槌。

而天牛的脖子不停地扭动，就嘎吱嘎吱直响——这不活脱脱是小提琴演奏家吗？

蚱蜢的细爪子背过来抓翅膀，它们的细爪子上有小钩子，而翅膀上有锯齿，一摩擦就发声了。

通身火红的麻鹬把自己的长喙伸进水里使劲吹气，水就咕噜咕噜地滚起来响了，整个湖也就公牛似的哞哞起来。

这山鹬就更绝了，竟用尾巴参加森林大合唱。它嗖的一下就腾空而起，在云端呈扇形展开，然后头朝下哧溜直冲下来，这时尾巴兜着风，就发出似羊羔叫的咩咩声，于是森林上空就传来羊羔的叫唤！

森林的乐队就是这样热闹和丰富。

嬉戏和舞蹈

沼泽地上，仙鹤们开起了舞会。

它们围起一个圈，有一只或两只走到圈子当中来，于是一场群体舞蹈就开始了。

起先，它们并不大跳，只不过用两条细长细长的腿往高处蹦蹦。后来，就放开来大舞特舞了，动作越来越大，双翅高高地扬，双腿频频地甩，看着真能让人笑破肚皮！一下转着圈儿跳，一下蹿着步子跳，一下蹲姿弹着跳，比起高跷舞蹈来，分毫不差！站在周围的仙鹤配合着它们的舞蹈动作，不停地按它们的舞蹈节拍闪动翅膀，呼啦、呼啦。

猛禽的游乐场所在空中。

最能玩出花样来的猛禽是游隼。它们一直向上飞升、飞升，冲到云霄，在高空显示它们出奇的灵活性。它们或是突然收紧双翅，从高得看了叫人头晕的高空，像一小块石子似的直溜溜飞落下来，眼看快触地了，才哗啦一下把翅膀向两边弹开，来个大盘旋，又冲向高空；或是定定地停在云霄，张着翅膀一动不动僵在那里，好像有一根线拴着它似的，吊挂在云彩下面；

或是忽然在空中翻起跟斗来，活脱脱像一个小丑从天而降，连连翻着跟斗向地面坠落，一边挥动翅膀飞舞，一边做高难度的翻圈动作。

它们的住宅好得出人意料

一望便知，如今葱茏的万绿丛中上上下下都住满了森林居民，一点空闲处也找不到了。地面上、地底下、水面上、水底下、树枝上、树干中、草丛里、半空中，都活跃着生命。

把房子盖在半空中的，有黄鹂。黄鹂用苎麻、草茎和毛发编成一只轻轻巧巧的小篮子，挂在直溜溜的白桦树上，当自己的居所。小篮子里安放着黄鹂的蛋。那住宅看了简直让人不敢相信，风摇动树枝，可它们的蛋就不会滚出来，安然无恙。

建在草丛里的住宅有百灵鸟的，有林鹨的，有鹀鸟的，还有许多别的鸟的。最叫我们的通信员喜欢的，是篱莺的窝棚。它由干草和枯苔藓搭成，上面有顶棚可以遮风挡雨，一道进出的门，开向侧边。

把居室安在树上，做在树洞里的，有脚趾薄膜相连的鼯鼠、木蠹贼、小蠹虫、啄木鸟、山雀、椋鸟、猫头鹰和好些别的鸟。

把住宅建在地下的，有鼹鼠、田鼠、獾、灰沙燕、翠鸟和各种食虫果腹的禽鸟。

鹏鹏是一种潜水鸟。它的窝浮在水面，是由湿地草、芦苇和水藻成功堆砌的。一只鹏鹏就住在草湖的浮窝里，在水面漂过来漂过去，住家就等于坐木筏。

河榧子和银色水蜘蛛的迷你小窝窝，造在水底下。

谁造的住宅好

我们想找到一处最好的住宅，以为这很容易。其实，真要确定哪一所住宅最好，远不像常人想象的那么简单。

雕的窝最大，是用粗树枝搭成的，巍巍然架在粗大的松树上。

黄脑袋的戴菊鸟窝最小，只有娃娃拳头般大小。原来，它自己的身子比蜻蜓还小哩。

田鼠的穴宅建得最巧妙。有好几道门：前门、后门、太平门。你要从前门去捉它，它就从后门溜掉了；从后门去逮它呢，它就从前门逃脱了。反正你休想在它的洞里捉住它。

有一种前头伸着长吻的小甲虫——卷叶象鼻虫，它的住宅最精致。它把白桦树叶的叶脉咬去，等叶子开始枯黄时，把叶子卷成筒筒状，用唾液粘好。母卷叶象鼻虫就躲在这圆筒形的小房子里，产卵生子。

系领带钩鼻鹬和夜游欧夜莺，它们的住宅最简单。钩鼻鹬把它的四个蛋下在小河边的沙滩上，而欧夜莺在树底下的枯叶堆堆里挖个小凹坑，蹲下去就下蛋了。这两种鸟，都没有下功夫去建造它们的住宅。

反舌鸟的小房子最漂亮。它把小小的窝搭在白桦树的树枝上，叼些苔藓和薄桦树皮装饰起来。为了进一步点缀它的住宅，它还在别墅花园里捡来些人们丢弃的彩纸片，编在窝上。

长尾山雀的小窝最舒适。这种山雀，还有个名字叫汤勺子，因为它的身子很像一个舀汤用的长柄小勺子。它的窝造得最讲究，里层用绒毛、羽毛和兽毛编缀而成，外层用苔藓粘牢。整个窝圆圆的，像个小南瓜。窝的正上方，开了个小顶门。

河榧子的幼虫的小房子，最轻便。河榧子是有翅膀的昆虫。它们停下来就收拢翅膀，盖在自己的背脊上，恰好把自己的整个身子遮盖起来。河榧子的幼虫没有翅膀，全身光裸，一丝不挂，没有东西蔽体。它们住在小河或小溪的底面上。它们找来一根细枝或一片苇叶，长短同自己的背脊差不多，用来做窝的沙泥小圆筒，就粘在那上面，再倒爬进去。这实在是太方便了，要睡觉，就全身蜷在小圆筒里，谁也不会注意到它，它睡在里头挺安静，也很稳当；如果要走动走动，挪挪地方，就伸出前脚，背上小房子，在河底上爬一阵子：瞧它的住宅有多轻便！有一只河榧子的幼虫，它找到一根落在河底的香烟嘴儿，就当成自己的房子，钻进去，就在里头带房子旅行。

银色水蜘蛛的房子最奇特。它住在水底，在水草间铺开一面网，做起一个倒杯形的窝，再用它毛茸茸的肚皮从水面上带来些气泡，在网里灌满空气，同时排出水。水蜘蛛就住在水底用空气做成的房子里。

用什么材料造房子

森林里的动物建房子，用什么材料的都有。

歌唱家鸫鸟的圆窝窝，内壁像我们用水泥抹墙那样，用细碎的烂木屑涂墙。

家燕和金腰燕的窝是用淤泥做的，它们用自己的唾沫把泥窝粘得结结实实的。

黑头莺用细枝搭窝，用又轻又黏的蛛网，把那些细枝固定得牢牢的。

䴕这种小个子鸟，不爱飞，爱在笔直的树干上上上下下地跑。它住在洞口很大的树洞里。它怕松鼠闯进它家里，就用胶性泥土把洞口封起来，只留个够自己的小身子挤进去的小洞眼。

一种翠鸟，羽毛的颜色绿蓝绿蓝的，腰身上罗列着咖啡色斑纹。它造的窝很好笑。它在河岸上挖上一个很深的洞，在自己的小洞屋里铺上一层细软细软的鱼刺。这样它就为自己做起了一条又柔软又有弹性的床垫子。

寄居在别个的房子里

不会造房子的，还有懒得自己造房子的，就去借住别个的房子。

杜鹃把蛋下在鹡鸰鸟、知更鸟、黑头莺和其他做了窝的鸟儿的窝里。钩嘴黑鹛，在树林里找到一个别的鸟留下的旧窝，是个乌鸦窝，就到里边去孵蛋，直到钩嘴黑鹛的雏儿出来了。

鲍鱼非常喜欢空闲的虾洞。这种无主虾洞在水底的陡壁上，鲍鱼就把鱼子产在那些小洞里。

有一只麻雀把家安排得非常巧妙。它在房檐下造过一个窝的，被淘气的男孩给毁了。后来，它又在树洞里造了个窝，不幸它的蛋又让伶鼬贼给偷走了。这样麻雀就把窝安置在雕鸟的大巢里，雕鸟是大鸟，它的窝用粗树枝搭建而成。麻雀把它的小小住宅安置在这些粗树枝间，还显得很宽裕哩。现在，麻雀可以过安稳日子了，也不用怕谁了。这么小的鸟儿，个头魁硕的大雕根本不会去在意的。这下，伶鼬也好，猫也好，老鹰也好，甚至爱淘气的男孩子们，也不会再去毁坏麻雀窝了——它身边的大雕谁不害怕呀！

窝里有什么

窝里有蛋。一种鸟的蛋不同于另一种鸟的蛋。

不同的鸟产不同的蛋，这不是没有缘故的，其中大有学问在呢。

钩嘴鹬的蛋，上头星星点点布满了斑点。

歪脖子鸟的蛋是白的，略带点粉红色。原来，歪脖子鸟把蛋下在幽深的树洞里，因为洞里黑，外面谁往里看也看不见什么。

钩嘴鹬的蛋直接下在草墩上，完全暴露在外面。如果它们下的是白蛋，那谁都能一眼就看见，所以它们的蛋，颜色跟草墩一样。

野鸭的蛋也差不多是白的，可是它们的窝在草墩上，而且也是一无遮蔽的。因此，野鸭就不得不采取狡猾的补救办法：它们在离窝外出时，便啄下些自己的绒毛，将蛋盖住。这样一来，蛋就不会被他人看出来了。

救人的刺猬

天才蒙蒙亮，玛莎就醒了，她穿上连衣裙，光着脚板，急急忙忙往森林跑去。

森林里的一个斜坡上，长着许多甜甜的草莓，玛莎就是奔着甜果来的。她的手很灵巧，动作很快，一下就采了一小篮，然后转身回家。一路上，她心花怒放，在露水湿得冰凉的草墩墩上，又是蹦又是跳。猛地，她脚底向前一滑，忽然疼得大叫起来，原来是一只光脚板滑下了草墩，被什么东西戳得鲜血直流。

原来，这会儿正巧有一只刺猬蹲在草墩下。它把身子缩成一个圆球，在那里不停地叫。

玛莎呜呜哭了。她坐到身旁的草墩上，撩起连衣裙的下摆擦脚板上的血。

刺猬不叫了。

突然，一条大灰蛇，一条背上横有锯齿形条纹的蛇，直直向玛莎蹿过来。这是条剧毒的大蝰蛇！玛莎吓得胳膊腿儿都软了。蝰蛇越蹿越近，边蹿边咝咝咝叫着，边叫边频频吐着它那分叉的舌头。

　　说时迟那时快，刺猬忽然挺直身子，撒开四只小腿，飞奔着向蝰蛇勇敢扑去。蝰蛇抬起前半条身，像鞭子似的抽将过来。刺猬用一个敏捷的动作，即刻竖起身子迎向毒蛇。蝰蛇嗞嗞狂叫起来，想掉转身逃开去。刺猬却仍不放过，猛一下扑到它身上，从背后咬住它的脑袋，用爪子捶打它的脊背。

　　这时候，玛莎才清醒过来，往上一个弹跳，急急忙忙跑回家去。

悉心照料孩子的妈妈们

森林里，有很多动物妈妈同人类一样，照料自己孩子时是不辞辛苦的。

麇鹿妈妈对它孩子的照顾也称得上是尽心竭力、细致周到呢。

麇鹿妈妈随时准备为它的独生子付出生命的代价。就是大黑熊来进攻小麇鹿，麇鹿妈妈也会前腿后脚一齐动员，对来犯者踢踏不饶。吃过麇鹿蹄子的米夏（熊的戏称）大爷，会一辈子记住那苦头的——它可是再也不敢走到小麇鹿跟前来了。

我们碰到一只在田野里跑动的小山鹑。这只小山鹑就从我们脚边蹦出来，猛一蹿，逃进了临近的一个草丛里，就躲在那里不出来。

我们过去把它逮住了。小山鹑啾啾啾拼命叫唤。山鹑妈妈不知忽然从什么地方奔出来。它看见自己的孩子被人家捉在手里，就咕咕叫着扑了过来，接着又自己摔在地上，耷拉着翅膀。

我们以为它受伤了，就放开小山鹑去追它，追山鹑妈妈。

山鹑妈妈在地上一瘸一拐地走着，眼看一伸手就可以逮住它了。可是，当我们真伸手去逮时，它又闪向一旁，我们追它。突然，山鹑妈妈扑棱

扑棱翅膀，从地上飞起，竟然嘟一声飞走了，像是刚才什么事儿也没发生过。

　　我们这才赶快掉转头来找小山鹑——哪里还有小山鹑的影子啊！原来，山鹑妈妈是故意装出一副受伤的样子——一瘸一拐地走路，把我们从它儿子的身边引开，这样儿子就会得救了。它对自己的孩子一个个都卫护得那么好，怎能不叫人感叹啊！它的孩子说多也不多，就那么二十来个！

蜘蛛飞行家

没有翅膀也能飞行吗？

蜘蛛没有翅膀，它动脑筋、找窍门，想出飞的办法。

瞧，几只蜘蛛变成了气球驾驶员。

小蜘蛛从肚子里抽出细亮细亮的丝来挂在矮树上。风吹过来，吹得蛛丝摇晃、摆动，却不会断。蛛丝跟蚕丝一样，是很有韧性的，弹性很好。

小蜘蛛蹲在地上。蛛丝在地面与树枝间系着。小蜘蛛在地上还继续抽丝，直到像蚕茧那样把自己的身子缠起来，裹起来，而丝还继续往外抽。

蛛丝越拉越长，风越刮越猛。

小蜘蛛用它的细腿抓住地面，稳住自己。

一，二，三！

小蜘蛛迎风走去。

把自己身上一端的丝咬断。

呼啦一阵风刮过来，小蜘蛛被从地面吹起。

赶紧把缠在自己身上的柔丝，迅速在滚转中展开！

小气球飞升到了空中，飞得高高的，掠过草丛，掠过矮树林。

气球驾驶员从空中往下俯瞰，选择最佳降落地点——哪里降落对自己最为有利？

身下是树林，身下是小河。再往前飞！再往前飞！

啊，这是个怎样的院落啊——苍蝇黑压压地在粪堆上面旋飞。停！降落！

气球驾驶员把蛛丝绕着自己的身子底下，用细爪子把丝缠成一个小团团。小气球渐渐降落了，降落了！

准备好，着陆！

蛛丝的一头挂在小草上。小蜘蛛落到了地面！

这里可以做上个小网，当自己的小家，平平静静地过日子。

许多这样的蜘蛛和蛛丝在空中飘飞——这样的景象只会在秋高气爽的日子里发生。

冬天的书

—

整个大地铺上了皑皑白雪。

如今，田野和林间空地像一本摊开的大书的书页，平平展展的，没有一丝皱褶；那么洁洁莹莹，没有一个字。要是谁此时此刻在这上面走过，就会写上"××到此一游"，告诉人们这行字是谁写下的。

白天下了一场雪。雪停时一看，写在雪地上的字不见了，又重新变成一面洁白的书页。

早晨，你来看看这雪地，你会发现洁白的书页上印满了各种各样神秘的符号，一杠一杠儿的，一点一点儿的，有逗号，有删节号。这说明，夜间，有各种各样的林间居民来过这里，它们在这里走动、蹦跳，还看得出它们都干过些什么事。

是谁到过这里？它们干了些什么事？

得在还没有再次下雪前分辨出这些符号，念完这些神秘的字符。不然，

再来一场大雪，你眼前又会只是一面干净洁白的大纸，仿佛是谁来把书翻了一页。

二

在冬天这本书上，每一个林中居民都签上了自己的名字，各有各的笔迹，各有各的字符。人只能用自己的眼睛来分辨这些笔迹。不用眼睛，还能用什么呢？

然而，动物跟人不一样，它们能用鼻子嗅。就以狗为例吧，狗用鼻子闻闻冬天书页上的字，就会读到"这里有狼来过"或者"刚才一只兔子从这儿跑过"。

走兽的鼻子学问可大了，它们绝不会读错的。

三

大多数走兽是用脚写字的。

有的用五个脚趾写，有的用四个脚趾写，有的用蹄壳子写。有时候，也有用尾巴写的、用鼻子写的、用肚皮写的，反正各种不同的动物用不同的东西来写。

鸟们也是用脚和尾巴来签写自己的名字的，也有的用自己的翅膀来签写的。

<h2 style="text-align:center">四</h2>

我们多年来学会了读"冬"这本书。我们从这本书里读到了林中发生的各种各样的大小事件。我们掌握这些科学知识并不容易，这是因为林中居民并不都是用正楷签字的，有的签字时，喜欢玩玩自己的新名堂。

灰鼠的字迹很好辨认，也容易记住。它在雪地上玩跳背游戏，跳得很带劲。它跳的时候，短短的前腿撑住地，长长的后腿向前腿伸出好大一截，同时宽宽地叉开。所以，前腿的脚印就小小的，并排印出两个圆点儿；而后腿印下的印迹，长长的，离得很开，好像两只小手掌，伸着纤细修长的手指头。

野鼠的字迹小是小，可非常简明，很容易辨认。它很有心计的，从雪底下爬出来的时候，往往是先绕个弯，兜个圈子，然后再朝着它要去的方向快快跑去，或者回到自己的洞里。这样一来，雪地上留下了一溜儿的冒号，冒号和冒号间的距离是均衡的。

鸟们签下的字，就说喜鹊签下的字吧，也很容易辨认。它的前脚趾留在雪地上的字，是"十"字形的，后面的第四个脚趾头是一个短短的破折号；小"十"字形的两旁是翅膀羽毛划下的油光光的弧形，好像手指印在雪地上那样。有些地方，雪地上也许还留下尾羽参差的尖梢扫过的痕迹。

这些签字笔迹都是工工整整的，没有花哨，一眼就能看明白：这印迹

是一只松鼠从树上爬下来，在雪地上蹦跳了一阵，又回到树上去了；这印迹是一只老鼠从雪底下钻出来，兜上几个圈子，又回到雪底下去了；这印迹是喜鹊落下来，在硬实的积雪上跳了一阵子，尾巴在积雪上抹了一下，翅膀在积雪上扑了一下，随后就飞走了。

而狐狸和狼的笔迹，你倒是来辨认辨认看！你要是没有在雪地上看字迹的足够经验，那你就会立刻陷入一片谜团之中。

谁先吃，谁后吃

林中有几只乌鸦，发现了一具马尸。

"呱——呱！"飞来了一大群乌鸦，想要落下来和这几只乌鸦共进晚餐。

时已傍晚，天色渐渐黑下来，月亮出来了。

忽然，树林里传来一声啸叫。

"呜唬——"

乌鸦飞走了。树林里飞出来一只雕枭，落在马尸上。

它用钩嘴撕着肉，耳朵不停地抖动着，眼皮一眨一眨，正要饱餐一顿哩，忽然听得雪地上有一个低沉的沙沙声。

雕枭飞上了树。

一只狐狸走过来，在马尸跟前站定。

咔嚓咔嚓一阵牙齿咬肉的声音。它还没来得及吃饱，又来了一只狼。

狐狸逃进了矮树林。狼扑到了马尸上。它浑身的毛根根直竖，牙齿犹如一把把小刀，把马肉从骨头上剔下来。它嘴边吃，喉咙边呼噜呼噜响。听得出来，它吃得很开心，很得意，很满足。这呼噜声是如此之响，以至

于周围的声音都听不见了。它吃了一阵，抬起头来，把牙齿咬得咕嘎咕嘎响，像是在说："别过来！"接着，又低头大吃起来。

突然，在它头上响起一声吼叫，声音又大又粗。咚！狼猛地一个屁股蹲儿，跌坐在地上，随后夹起大尾巴，哧溜一闪身，逃之夭夭。

原来是，森林霸主——黑熊驾临！

现在，谁也甭想走近了。

熊一直吃啊吃啊，吃到天快亮。熊吃完这顿夜餐，睡觉去了。

狼其实没走远。它夹着尾巴，蹲在远处，在那里等候着。

熊一走，狼立刻就来到马尸旁。

狼吃饱了，狐狸来了。

狐狸吃饱了，雕枭飞过来了。

雕枭吃饱了，轮着乌鸦了。

鸦群飞拢来吃马尸的时候，天已经亮了。这席免费的盛宴，现在全吃光了，只剩一堆马骨头了。

倒挂着沉睡

在托斯纳河的河岸边，离萨博林诺火车站不远，有一个大岩洞。早先，人们在那里取用沙子，但如今早已废弃了，留下一个大洞，谁也不去那里头了。

我们在隆冬时节去看那个洞。我们发现洞顶上一排排一行行地挂着蝙蝠，是兔蝙蝠和山蝙蝠。它们在那里酣睡，已经睡了有五个月了，它们一只只头朝下，脚朝上，用脚爪牢牢拽住凹凸不平的沙洞洞顶。兔蝙蝠把大耳朵收在往上折起的翅膀下，用翅膀把自己的身体裹得严严实实的，犹如盖了一床被子。它们就这样倒挂着进入了梦乡。

蝙蝠连续睡这么许多个月，睡得这么久，我们甚至为它们担心起来，于是伸手去摸了摸蝙蝠的脉搏，量了量它们的体温。

夏天，蝙蝠的体温，跟我们人差不多，摄氏 37 度左右，脉搏是每分钟 200 次。

现在，蝙蝠的脉搏降到只有每分钟 50 次，体温只有摄氏 5 度略微高一点。

这样的脉搏，这样的体温，对蝙蝠来说，对这些小瞌睡虫来说，依然

是健康的，人们无须为它们担心。

　　它们还将无忧无虑地再睡上个把月，甚至两个月。待到足够温暖的夜晚一到来，它们就会苏醒过来，健健康康地在夜色中飞舞。

从冰洞里探出个脑袋来

在涅瓦河口，芬兰湾的冰面上走来一个渔人。他走过冰洞的时候，看到冰底下探出个脑袋来，油亮亮的，两边各挺着一撮稀稀朗朗的胡子。

渔人乍一看，以为是从冰窟窿往上浮起的淹死的人的头。可是，这是活的，这个脑袋正向他转过来。渔人这才看清楚，原来是一张挺着硬胡子的野生动物的脸，脸皮紧绷绷的，满脸是闪着微光的短毛。

这个家伙那一双亮晶晶的眼，直愣愣地逼视渔人，对着他的脸看了一小会儿。随即，哗啦一声响，动物的脑袋就钻到了冰底下，不见了。这时，渔人才恍然清醒过来，意识到自己刚才所见的，是一头海豹。

海豹在冰底下捉鱼。它只把头往外探出一瞬间，喘上一口气。

冬天，海豹为了呼吸的需要，常常需经冰洞爬到冰面上来，所以渔人们很容易在芬兰湾逮到它们。有时候，甚至还有这样的事：有些海豹追踪捕鱼，一直会追进涅瓦河来。因此，拉多加湖就成了海豹频繁出没的水域，在那里也就特别容易逮到它们。

在冰盖下

　　我们来想想隆冬时节，鱼是怎么生活的吧。

　　整个冬天，鱼都在河底凹坑里躺着睡觉，结实的坚冰屋顶覆盖在它们头上。二月里，隆冬时节，在池塘里和林中沼泽里休眠的它们，会感到空气不够用了。这样的时间长了，它们就会闷死在水底。它们心慌意乱地张开圆嘴，游到冰屋顶下来，用嘴唇捕捉附着在冰上的小气泡。

　　鱼也有可能全都闷死。所以，天寒地冻的日子里，咱们可别忘了在池塘和湖面上凿开些冰窟窿。还要注意，别让冰窟窿再冻上，否则鱼怎么能够呼吸到空气呢？

街头打架的家伙

城市里，已经能够分明感觉到春天的临近。你看，谁常常在大街上打架呢？

麻雀，街头麻雀，对行人一点不理会，就彼此胡乱啄颈毛，把羽毛啄得呼啦啦飞起来，四散飞舞。

这街头打架的，都是公麻雀，母麻雀从来不参加斗架，可也阻止不了那些爱打架的家伙。

猫天天夜里都在屋顶打架。有时候，公猫捉对打斗，打得死去活来，把一只公猫从大楼屋顶掀翻下去。不过，就这样从高楼上摔下来，公猫也不会死的，猫的腿脚利落着呢：它跌下去的时候，正好四脚同时着地，充其量也就摔瘸了，可是那也就是跛几天便没事了。

黑山鸡捷灵蒂

森林里住着一只黑山鸡，大家叫它捷灵蒂。

四个季节里，夏天是它最喜欢的季节，因为夏日里它只要藏进草丛中，钻进浓密的树叶里，就能躲过那些凶恶的眼睛。它不情愿冬天的到来，然而冬天还是来了。高树矮树凋落了树叶，黑山鸡捷灵蒂没有了藏身之地。

这不，林中两只凶恶的野兽现在为谁来吃黑山鸡捷灵蒂而争吵起来。狐狸说黑山鸡得归与它，而貂则说黑山鸡只该属于它。狐狸说："捷灵蒂在矮树林里生活，蹲地上睡觉。夏天它藏在矮树丛中，没有谁能看见它的影儿。可这会儿是冬天，草枯叶落，它没处藏躲了。我是地面打猎的把式，它自然得由我来吃。"

可貂却说："不，捷灵蒂在树上睡觉。我是树上打猎的把式，不用说它得由我来吃。"

两个恶棍争吵的话被黑山鸡捷灵蒂全听到了，它不由得心里发怵。它飞到森林边上的树梢上，蹲在哪里，思考蒙过恶兽眼睛的办法。蹲在树上吧，貂会来抓它；飞到地上吧，又要落入狐狸的爪子。到哪里去过夜好呢？

捷灵蒂在梦中蹬空了一脚，扑通一声从树上掉了下去！

积雪很深，很软。狐狸在雪地上躲闪着，匍匐前行。它向林边疾奔。在树上，貂从这根树枝跳到那根树枝，也迅速往林边接近。它们都为吃到黑山鸡捷灵蒂而奔忙着。

瞧，貂先跳到捷灵蒂做梦的那株树上，它上下左右找了个遍，没有捷灵蒂！

"唉！"貂想，"我来迟了！显然，它是在地上，在矮树林里睡觉，准是让狐狸给吃了。"

狐狸走到林边，四下里望了个遍，走遍了所有的矮树林，没有捷灵蒂！

"唉，"狐狸想，"我来迟了！它是睡在树上的，不用说是让貂给吃了。"

狐狸抬起头看，瞧，那不就是貂？它正蹲在一根枯枝上，龇着一排白牙。狐狸气不打一处来，拉开嗓门就嚷："你把我的捷灵蒂给吃了，瞧我对你不客气！"

貂也对着狐狸嘶声嚷："你自个儿吃了捷灵蒂，还赖说是我吃的。瞧我给你颜色看！"

说着，两个就厮打起来。两个恶棍非要打出个你死我活才罢休。它们下面的雪化了，团团向四方飞溅。

突然，一团黑家伙从积雪里弹飞出来！

狐狸和貂吓了一跳，顿时魂飞魄散。它们各自飞跑开去：貂眨眼间蹿上了树，狐狸眨眼间蹿进了矮树丛。

　　这弹飞出来的是黑山鸡捷灵蒂。它在梦中从树上掉下来，一头扎进了深深的积雪里，埋在雪底下，它还继续睡。刚才，要不是两个恶棍的声音把它吵醒，它这会儿还酣睡在积雪里呢。

阿妞妞的鸭子

秋天，阴雨不停地下，下得池塘里的水都快涨出堤岸来了。

每天夜里，都有野鸭成群结队地飞到池塘来。阿妞妞，这个磨工的女儿，特别喜欢听野鸭拍水的哗哗声。

磨工几乎每天傍晚都出去，到林子里去打猎。

独自留在小木屋里的阿妞妞感到十分孤单。

于是她走到堤坝上，一边往水里撒面包屑，一边"鸭——鸭——鸭"招呼野鸭们来吃。

可野鸭并不游过来。它们怕阿妞妞，所以一听"鸭——鸭——鸭"的招呼声，反而飞跑了，只留下它们翅膀扇动的呼啦声响在空中。

阿妞妞很纳闷。

"野鸭不喜欢我。"她想，"它们不信我会对它们好。"

阿妞妞非常喜欢禽鸟。磨工家里没有养鸡，也没有养鸭。阿妞妞想，要是能驯养一只野禽有多好啊。

那是一个深秋的夜晚，磨工打猎回来，他在墙角放好猎枪，然后从肩

上卸下猎囊来。

阿妞姐赶忙过去，看猎囊里都有些什么。

在大猎囊里装的野禽中，阿妞姐凭个头大小和翅膀上的亮斑，一眼就能看出那有绿色亮斑的野鸭是绿翅鸭，有灰色亮斑的是白眉鸭。

阿妞姐伸进手去掏出最后一只野鸭的时候，这只长着紫蓝色亮斑的野鸭，竟从阿妞姐手里挣脱了，拖着一只被打伤的翅膀，吃力地钻进了长凳底下。

"活的！"阿妞姐兴奋地高声大叫起来。

"给我！"磨工喝道，"我拧它脖子一下，它就死了。"

"别，爸爸，把它给我！"阿妞姐请求说。

"你要它做什么？"磨工不解地说。

"我给它治好伤。"

"这可是一只野鸭啊！它不会让你养在家里的。"

然而阿妞姐缠着爸爸要这只野鸭，爸爸只好答应了。

野鸭于是在阿妞姐家里住了下来。

阿妞姐用绳子缚住野鸭一条腿，将它拴在一棵矮树上。野鸭想要游水的时候，可以自己到旁边的磨坊池塘里去。想上岸呢，可以自己走上岸来。那只被打伤了的翅膀，阿妞姐找来一块干净的白布，给它轻柔地包扎起来。

冬天来了。

池塘里的水在夜里结上了冰。野鸭们不再飞到池塘里来了，它们飞往南方去了。

拴在矮树林子里的那只阿妞姐的野鸭，此刻分明感觉到了寒意，它开始郁闷起来，神色一天比一天忧郁。阿妞姐把它拿进屋里来饲养。阿妞姐用来包扎它翅膀的那块布已经同骨头长在一起，剥不下来了。野鸭的左翅现在不再有蓝紫色的亮斑，那本来长亮斑的地方现在是一块白布了。于是，阿妞姐给它取了个名儿叫"白斑儿"。

对阿妞姐，白斑儿不再认生了，它可以让阿妞姐抱在怀里，让小姑娘抚摸它。

阿妞姐只要唤它一声，它就过来到她手掌心啄东西吃。阿妞姐可开心了。现在，阿妞姐的父亲出门，她也不再闷得难受了。

春天，河里的冰刚一解冻，野鸭就飞来了。

阿妞姐用一根长绳拴住白斑儿的脚，放它到磨坊池塘里去游泳。白斑儿总拿嘴壳子啄拴它的那根绳子。它叫啊，叫啊，不住声地叫，想挣脱绳子，随别的野鸭一起飞走。阿妞姐不忍心了，可也舍不得同它分离。最后，阿妞姐想："为什么我要让它做不愿意的事呢，它的翅膀已经养好了，春天也到了，想去孵小鸭了。我放了它吧，它想起我的时候，自己会飞回来的。"

这样想着，她就把白斑儿给放了。

她对爸爸说："你以后打野鸭的时候，注意翅膀扎白布的那一只，千万别打着它！"

磨工一拍手，说："啊呀，你这拿的啥主意嘛！我本来打算到镇上去买只公鸭回来，好让你那母鸭给咱们孵一窝小鸭子，来兴兴咱们的家业哩！"

阿妞姐惊讶地说："你压根儿就没提起过你打算要去买公鸭的事。不过，

也许白斑儿过不惯自由的野外生活，又会飞到咱们这里来的。"

"傻瓜说傻话了，哪有野禽过不惯自由生活，而自己重又回来的呢？狼，不管你怎么养它，也还是向往它的森林。你的鸭子在野外，要是被老鹰抓了去，那可就完了。"

天很快暖和起来。河水开始泛滥了，渐渐溢出了堤岸。要不了多久，林子恐怕也要遭淹了。

那一年，野鸭子很不幸，日子不好过！该下蛋、孵小鸭的时候，地面还漾着春水，没有地方做窝。

而阿妞姐倒高兴。她有一只小船，可以想去哪儿就去哪儿。

阿妞姐乘上她的小船到林子里去。在林子里，她看见一株有树洞的老树。

她举起船桨叩了叩树干，没想到从树洞里嗖的一声飞出一只野鸭来，直接落在了阿妞姐的小船旁。当阿妞姐侧转身子，她一下看见野鸭的翅膀扎着一片白布——阿妞姐简直不相信自己的眼睛了，会不会是看花了眼呢？没错，虽然白布是脏了，但她还是一眼就能认出来：这是她的白斑儿。

"鸭——鸭——鸭！"阿妞姐呼唤它，"白斑儿！"

野鸭先是在水里发愣，看样子似乎是受了什么伤。

阿妞姐划小船追它，追着追着，不知不觉追出了林子。一出林子，白斑儿就振起双翅，飞回树洞里去了。

"你这花招，"阿妞姐想，"可骗不了我，你是想让我离开你的窝吧。"

阿妞姐划着她的小船，回到原来看见有树洞的那株老树。她伸头往树洞里仔细看了看，发现洞里竟有 12 枚蛋，椭圆形的，绿莹莹的。

"哦，白斑儿，你的心眼儿真多！"阿妞姐寻思着，"竟想到到这样一个地方来做窝。这个地方可好，春水怎么也淹不到这上头来！"

回家，阿妞姐告诉爸爸说，她在林子里看到了白斑儿，而树洞的事她一字也没提。她担心爸爸会去把野鸭窝毁掉。

没过几天，水退了。

阿妞姐看出，它每到中午时分就飞到河里去找食。这个时候天气暖和，野鸭暂时离开蛋一会儿也不会变凉。

阿妞姐怕正抱蛋的野鸭受惊吓，所以她每次去看野鸭孵蛋，都先到河边去，看白斑儿是不是离窝去芦苇丛觅食了。只有白斑儿找食时，她才轻轻巧巧跑到林子里去看白斑儿的小鸭孵出来没有。

有一天，阿妞姐看见白斑儿正在水里找东西吃，忽然空中飞来一只老鹰，径直向它扑去。阿妞姐惊慌地大叫一声，却已经晚了，老鹰已经伸过它的利爪，眼看着就要抠进白斑儿的背了。

"糟了，我的白斑儿没命了！"阿妞姐想。

但是白斑儿没伤到一根毛，它灵活地钻进了水里，将老鹰拖下水去。

老鹰的头一浸入水中，自知它在水里准定对付不了野鸭，它自知不能得逞，也就只好赶快松开爪子，飞走了。

阿妞姐不由得大声呼喊："白斑儿，你真行，你这手来得聪明！被老鹰抓住，还能从它爪下捡回命来！"

晃眼间，又过去了几天。

阿妞姐跑到河边去看白斑儿，却找不到它了。

阿妞姐躲在矮树林里，耐心地等白斑儿出来。

她终于等到白斑儿从林子里出来。她可欢喜了。瞧，白斑儿脚蹼下还抓着一团什么东西，黄黄的，毛茸茸的。

白斑儿将它抓的那团东西放在水里。

阿妞姐定睛一看，原来是一只毛茸茸的小幼鸭，正紧随白斑儿游动。

"哟，小鸭已经孵出来了！"阿妞姐高兴地想，"接着，白斑儿准会把所有的小鸭都从林子里带到这儿来的。

阿妞姐没猜错，白斑儿又飞起来，回到林子里去带其他的幼鸭。

阿妞姐坐在矮树林里，等着看白斑儿带它的幼鸭到她眼前来。

一只乌鸦从林子里飞出来，边飞边左顾右盼，看有什么可以逮来当它午餐的。

乌鸦一下发现了小黄幼鸭，正对它胃口，就箭一般向幼鸭飞扑过去。乌鸦几下啄开幼鸭的头部，接着把死小鸭撕成碎块，吞吃了。

阿妞姐看着这突如其来的一幕，急得连嚷都没嚷出来。乌鸦飞回了林子，躲进了一棵大树。

白斑儿带着第二只幼鸭飞出了矮树林。

它放下刚带出的幼鸭，张嘴嘎嘎大叫——它找第一只幼鸭哩，可就是哪儿也找不到！白斑儿来回游了一阵，把所有芦苇丛里都找了个遍，只找到一小堆乌鸦吃剩的幼鸭茸毛。它飞起来，又朝林子方向飞去。

"啊呀，傻瓜！"阿妞姐着急地想，"乌鸦还会再来吃你的小鸭的。"

她才开始这么想，眼看白斑儿在空中盘旋了一会儿，又从矮树林里飞了出来，回到河边，钻进芦苇丛里躲了起来。

不多一会儿，乌鸦又从林子里飞出来，径直扑向幼鸭。

乌鸦啄了一下幼鸭，接着正要动嘴撕小鸭的皮，开始吃肉。

白斑儿从芦苇丛里猛冲出来，扑到乌鸦身上，咬住乌鸦的喉咙，将它往水底拽去。

两只鸟的四只翅膀在水面扑腾、旋转，把河水搅得哗啦哗啦直响，水花高高溅向四面八方！

阿妞姐从矮树林后跑出来看，这时白斑儿已经朝林子飞去，而乌鸦已经死了，僵僵地漂在了水面上。

阿妞姐那天在河边坐得特别久，她看着白斑儿把其余 10 只幼鸭也都一只接一只带到芦苇丛里来。

阿妞姐这下放心了。她想："我用不着再为白斑儿担心了，它如今有保护自己孩子的经验了，它的孩子不会再遭欺凌了。"

进了八月，打野鸭的季节开始了。

猎人们一大清早就在河边咚咚咚地放枪。

阿妞姐从早到晚都惊惊惶惶，心神不宁，不知怎么才能让猎人不打死她的白斑儿。"万一呢？"她想。

天渐渐黑下来，枪声这时才渐渐稀少，才没有了。

阿妞姐躺在床上，一夜没睡着，可到天亮的时候，不觉迷迷糊糊地睡去了。

第二天，院外有人说话，她这才醒了过来。她听院外走过的猎人这样说："昨晚，我看见一只母鸭，带着一窝小鸭。母鸭翅膀上有一小片白东西，好像是扎在翅膀上的一绺儿白布。我觉得挺不可思议的，就这么一闪念，

瞄准就出问题了，打了一枪，只撩着两只小鸭子。今天去，看还能碰上它不。"

阿妞姐立刻一骨碌起床，跑出去。她十分后悔把白斑儿放出去。她想着想着就泪眼模糊，就什么也看不清了。她来到河堤上，她的白斑儿要还活着，就该在这里游水。

她望着水面，想不到她一眼就看见白斑儿，正带着自己的8个孩子在游泳。

阿妞姐唤它："鸭——鸭——鸭！"

白斑儿回应："哇——克！哇——克！"连声叫着向她径直游过来。

猎人们在河边打野鸭，而白斑儿却带着它的一群小鸭子，在阿妞姐家用堤坝围起来的磨坊池塘里游水。阿妞姐从口袋里掏出一块面包，揉碎了，向水面撒去，让鸭子们吃。

白斑儿从此就在阿妞姐家的池塘里住了下来。看得出来，它知道，只有在阿妞姐的水塘里，它才可能是安全的。

后来，小鸭子日渐长大了，学会了飞翔，它们飞走了。

白斑儿也随着从阿妞姐的水塘里飞走了。

第二年，白斑儿又孵出一窝嫩黄嫩黄的绒球般的小鸭子，又把自己的孩子带到阿妞姐家的水塘里来了。

如今周围的猎人都认得白斑儿了。他们知道那是阿妞姐的鸭子，从来不伤害它。

野鸭子这样对付狐狸

秋天，狡猾的狐狸想："野鸭子们要回南方去了。我到河边去转转，说不定会碰上好运气，在那里弄块鸭肉吃吃。"

狐狸偷偷摸摸地从矮树林里潜出来。果然不出所料，河边聚了一群野鸭，有一只离矮树林还很近，它正把头脚缩在翅膀底下，瞌睡打得正沉呢。

狐狸上去，一口咬住了它的喉咙！

鸭子使劲一挣，挣脱了，狐狸只咬得了一撮鸭毛。

"哟！"狐狸寻思，"怎么让你挣脱了……"

狐狸懊恼地傻站了一会儿，就沮丧地走开了。

鸭子还愣在那里，它的脖颈给扭了，羽毛也挣掉了几根。

鸭子躲进了芦苇丛里——这里离河岸要远些。

狐狸一无所获，快快地走了。

冬天，狐狸想："现在河里结冰了。鸭子如今是我的囊中之物了，冰面上一片空阔，它躲不到哪里去的，只要找到它，就肯定能逮住它。"

这么寻思着，狐狸来到了河边，果然如它所料，鸭子在河边雪地上清

楚地留下了一长串脚印。鸭子在近旁的丛林里蹲着，浑身的羽毛一根根全蓬立着。

鸭子蹲着的那片地，从地底冒出温泉来，所以它蹲的那片水不结冰，汩汩的还蒸腾着热气——鸭子蹲在泉眼里取暖呢。

狐狸向鸭子扑过去。鸭子一咕噜钻进了温泉，从冰下逃了，逃得远远的。

"啊——你！"狐狸想，"在冰下你迟早得冻死。"

狐狸什么也没捞着。

春天，狡猾的狐狸琢磨："现在河里的冰该化了，我去冰上看看，准会有鸭子冻僵在那里。"

然而狐狸走近河边一看，野鸭子还在树下游水哩，河那边也有一个温泉的泉眼。

这样，鸭子就凭地底下冒出来的温泉活了下来。

"啊——你！"狐狸想，"你逃不脱的，我这就跳进水里，从水底下游过去逮你……"

"你这一手没用的，你逮不住我的！"鸭子嘎嘎大声说。

啪啦，它从水面飞起来，远远飞走了。

被狐狸拽掉的羽毛，鸭子经过一冬的疗养，又齐刷刷地长出来了。

狐狸怎样把獾骗出窝

狐狸家遭灾了！它那个地洞的天花板塌了，差点儿把它的狐崽压死。

狐狸一看，房子塌成这样，绝对住不成了，非搬家不可了。

狐狸到獾家去。獾家的洞窝是自己挖的，非常好，谁都知道它是挖地道的行家：出入口有好几个，以防备万一敌人来对它突然袭击。

它的洞很宽敞，住下两家都不嫌挤。

狐狸求獾分给它一间住住，却被獾一口拒绝了，不给狐狸留下任何商量的余地。獾生来爱整洁，家里一切都有条有理、干干净净，哪儿脏一点它都会心神不安，怎能容忍得了拖儿带女的狐狸住进它家来呢！

獾把狐狸撵出了门。

"啊哈！"狐狸恨恨地想，"你这样不够朋友，那好，你就等着瞧吧！"

狐狸头也不回地走了，样子像是走进了树林，而其实它是拐了个弯，随后又择机绕回来，躲到离獾家不远的矮树林后面，蹲在那里，等待下手的时机。

獾从洞里探出头来，左右窥探了一下，看狐狸走了，就爬出洞，到树

林里去找蜗牛充饥了。

狐狸从矮树林背后钻出来，哧溜一晃眼，进了獾洞，在地上拉了一泡屎，把个獾洞弄得脏兮兮的，臭烘烘的，然后快快跑开了。

獾回家来。天哪！怎么臭得直刺鼻！哼！——它恼恨地打了个响鼻，快快地离开了，它另找地方，择机另挖新洞去了。

狐狸要的就是这结果：把獾赶走。

它转身去把小狐狸叼过来，在宽敞舒适的獾洞里住下了。

把自己藏起来

天气一日日地变冷了，冷了！

美丽的夏季过去了……

血液都差不多要冻住了，动作也变得不很灵活了，老犯困呢。

尾巴长长的蝾螈在池塘里住了一夏，一次也没浮上水面来。而现在，它却爬上岸来，慢慢爬到树林里去了。在那里，它找到一个腐烂的树墩，就穿过树皮，钻到下面，蜷缩成一团，准备在里头过冬。

青蛙则相反：它们从岸上跳进池塘，沉到池塘底下，钻到淤泥深处。蛇和蜥蜴躲到树根底下，把身子埋在暖和的青苔里。鱼成群成群地挤到河床上，在那里找个深坑潜进去。

蝴蝶、苍蝇、蚊子、甲虫等，都钻到树皮和墙壁裂口和缝隙间藏起来了。蚂蚁堵上所有进出的门户，包括高层的全部出入口。它们爬到住宅的最深处，在那里紧紧挤在一起，挨成一团，就这样僵在那里，一动不动，开始了它们的冬眠。

饥饿难耐的时候到了，饿得不好受啊！

　　热血动物，禽鸟和野兽，它们倒不太怕冷，只要有东西吃进肚子里去，体内就会像升起炉火一样。可是，随着冬天的来临，能吃到的东西越来越少——饥饿，伴随寒冷到来了。

　　蝙蝠是靠吃蝴蝶、苍蝇和蚊子这些东西过活的，然而随着冬天的到来，蝙蝠吃不到它们了。于是，蝙蝠也只好躲起来，躲进了树洞、石穴岩缝和阁楼的屋顶下，用后脚抓住一样东西，把自己倒挂在那里。它们拿翅膀裹住自己的身体，就仿佛严严裹在了一件斗篷里，就这样头朝下，睡了。

　　青蛙、癞蛤蟆、蜥蜴、蛇、蜗牛都躲起来了，刺猬躲在树根下的草窝里。

　　獾也缩在洞里，不出来了。

貂紧紧尾追松鼠

松鼠逐松果而到处游牧，如今浪迹到我们这儿的森林里来了。

它们原来的北方居住地，松果不够吃了。今年北方的松果结得不多。

松鼠蹲在松树上，东一只西一只地啃着松果。它们用后爪抓住树枝，用前爪捧住球果在撕吃。

一只球果从松鼠的脚爪里滑落到雪地上。松鼠心疼那松果，气呼呼地叫着，从一根树枝跳到另一根树枝上，蹦到下面去了。

松鼠在地上蹿跳着，蹦跶着，后腿轻巧地那么一撑，前脚上下那么一托，蹿跳着，蹦跶着。

从一个枯枝堆里露出一团黑不溜秋的毛皮和两只敏锐的眼睛……松鼠甚至把寻觅球果的事都忘了。它往近旁一棵树上一跳，顺树干飞快爬去。从枯枝堆里跳出一只貂，跟在松鼠后面追上来了。貂也飞快地顺着树干往上爬。松鼠哧哧溜溜麻利地蹿上了树梢尖儿。

貂顺着树枝追了上去。松鼠一飞跳，就跳到另一棵树上去了。貂像蛇一样，把自己的身子缩成一团，背脊高高拱成弧形，也耸身飞跳过去。

松鼠沿树干飞跑。貂跟在它后面，也沿着树干飞跑。松鼠的身子轻捷灵巧。然而，貂的身爪更灵敏。

松鼠跑到了树顶，没法儿再往上逃了。邻近没有可跳的树了。

貂眼看就追上它了……

松鼠从一根树枝跳上另一根树枝，然后蹦到下方一根树枝上。

貂也紧追不放。

松鼠在树枝梢头跳来跳去。貂在粗一些的树干上追。松鼠跳啊跳啊跳啊，跳到了最后一根树枝上了。

下面是地，上面是貂。

再没有逃脱的办法了。它奋身一跳，落到了地上，接着往另一棵树上跑。

到地上，松鼠可就不是貂的对手了。就这样，松鼠没逃过貂的利爪……

兔子的猫妈妈

　　春天，我们家的老猫下了几只小猫，但是我们把小猫都送了人了。恰好这时我们从林子里捉到一只小兔子。

　　我们把小兔子放在猫妈妈身边。猫妈妈奶水正多着，胀得它难受，所以它非常乐意喂小兔子，让小兔子吃个饱。

　　兔子就这样在老猫奶水喂养中日渐长大。它们相处得非常亲昵，连睡觉也紧紧依偎在一起。

　　最好笑的是，猫教会了自己的养子跟狗们打架。狗一跑进我们家院子，猫立刻扑上去，拼命地乱抓。小兔子也跟在后面追过去，挥动它的两只前腿，咚咚咚，擂鼓似的往狗身上捶打，打得狗毛一撮撮往下飞落。四邻八舍的狗于是就都害怕我们家的猫和猫的养子——就是我们的这只兔子。

小熊洗澡

　　一个猎人在林间小河的堤岸走着，突然听得树枝咔嚓一声响。猎人一惊，他想准是有什么猛兽在不远的地方，于是三下两下爬上了树，在树上向四面细细观望。

　　从密林里走出一头大黑熊，是熊妈妈，后面跟着两头小熊。它们在河岸上走着。小熊可开心啦！

　　熊妈妈停下，用牙齿叼起一只小熊的脖子，直往河里扔。小熊尖叫着，四脚乱蹬，但是熊妈妈不马上将小家伙扶上岸来，直到小熊洗得干干净净，熊妈妈才让小熊爬上岸来。

　　另一只小熊怕洗冷水澡，就往林子里撒腿溜了。

　　熊妈妈追上小家伙，啪，打了它一巴掌，接着像叼前一只一样，叼来扔进了水中。

　　两只小熊洗过澡，爬上岸来。这样闷热的天气，它们还披着厚厚的绒毛，凉水使它们爽快透了。母熊带着小熊洗完澡，又躲进了森林，这时猎人才从树上爬下来，回家去。

把熊哄过来

在我们城市附近，狩猎的时节早已过去了，但在北方森林中，猎事正方兴未艾。热衷狩猎的人们，都不愿意错过这个机会，赶往北方去一显他们的身手。

熊在我们自己这一带胡作非为，一会儿听说把农家的一头小牛给咬死了，一会儿又听说把农家的一匹小马给咬死了。塞索依奇说得在理，他说："咱们不能眼睁睁看着熊到咱们寨子来闹事，任它欺负到咱们头上来，应该想想法子了。格弗里奇的小牛不是死了吗？把它交给我，我拿它做诱饵，把熊引过来。如果熊到咱们的牲口群边来转悠，那么它一定会被小牛引诱，到时候我非收拾了它！"

塞索依奇是我们这里最能干的猎手。

农人把格弗里奇的死小牛交给了他。让他去把熊收拾了，今后也好省些心事。

塞索依奇把死小牛装上大车，运到村外森林里去，放在一块空地上。他把小牛翻了个身，让它头朝东躺着。

塞索依奇对猎事的一举一动都十分在行。

他知道，头朝南或头朝西的尸体，熊是不会去动的：它会起疑心，怕有谁陷害它。

塞索依奇扯来些没剥皮的桦树枝，在死小牛四周做了一道矮矮的围栏。离这道围栏二十来米处，在两棵并排的树上搭了个棚子，离地两米来高。这是个用树干搭的观察台。猎人夜间就待在这台上，守候那大畜生。

这就是全部的准备工作。不过，塞索依奇并没有爬到那观察台上去，而是回家去过夜。

一个星期过去了，他还是在家里睡觉。早晨，他抽空到木栅栏那里去转悠着看了一番，卷了根烟卷，接着还是回家了。

我们的农人开始嘲笑他。小伙子们挤眉弄眼地对他说："哎，塞索依奇，怎么样啊？你睡在自家热炕上，梦做得美吧？你不乐意在树林里守望，是吧？"

不料他回答说："贼不来，守望也是白搭呀！"

他们又对他说："小牛可已经发臭了！"

他说："那才是需要的呢！"

塞索依奇心里有数着哩。

塞索依奇知道事情该怎么做。他也知道，熊绕着牲口群打转，已经不是一天两天了。这是因为它知道眼前有个现成的死牲口，所以就不来扑活牲口了。

塞索依奇知道熊闻到了死牛的臭味。猎人的眼睛亮着呢，他在放小牛的地方看出了熊的爪印。熊还没有动过小牛，看来，它是肚子不饿，要等牲口尸体发出更强烈的臭味，它才来开饭，那样才更有滋味。这种乱毛刺刺的野兽，它们的饭菜口味就是这样的。

死小牛在树林里躺了一个多星期了，塞索依奇还是在家里过夜。

终于，他根据熊的脚印，断定畜生已经爬过了围栏，从牛尸上啃去了一大块肉。

就在这天晚上，塞索依奇带上他的枪，上了棚子。

夜里的树林静悄悄。

野兽睡了。

鸟也睡了。

但并不是所有的鸟兽都睡了。猫头鹰没有睡，它扑扇着毛茸茸的翅膀，了无声息地飞过树梢，它在搜寻草丛里窸窣走动的野鼠。刺猬在树林里转悠着寻找青蛙。兔子在咔嚓咔嚓地啃白杨的树皮。一只獾在土里寻找它所熟悉的那些细小植物的根。这时，熊轻轻地向死小牛走来了。

塞索依奇困乏得睁不开眼。过去，他在深更半夜里总是睡得很香的。此刻，他也依旧睡得迷糊。

忽然，咔嚓，什么东西一声响，他不由得打了个寒战。

有什么声音响了一阵！

天上虽然没有明月，但北方的四月夜，没有月亮也很亮堂。塞索依奇清楚地看见，在白花花的白桦树围栏上，一只黑毛野兽趴着。熊在大口大口地咀嚼，在享用人款待它的佳肴美餐。

"哎，慢着，"塞索依奇心想，"我这里还有更好的东西款待你呢！我要请你尝尝铅子儿！"

他端枪，瞄准熊的左肩胛骨。

轰一声枪响，霹雳似的，震撼了沉睡的森林。

兔子吓得从地里蹿起半米高。獾吓得呼噜呼噜直叫，慌慌忙忙向自己的洞里逃去。刺猬缩成一团，身上的刺根根竖了起来。野鼠哧溜一下钻进了洞。猫头鹰轻轻扑进了黑影里。

过了一会儿，森林里又恢复了平静，于是夜里出动觅食的野兽又放开了胆，各自干起各自的事来。

塞索依奇走下棚来，卷了一支马哈烟，惬意地抽了起来，不慌不忙地走回家去。

天快亮了。他得去补睡一个觉，就算是睡一会儿也好呀。

等农人们都起了床，塞索依奇对小伙子们说："哎，年轻的汉子们！套上大车，进林子里去，把熊肉拉回来！熊可再也吃不了咱们的牲口了！"

把熊吓拉稀了

　　傍晚，猎人很迟才走出森林，回到家中。他走到燕麦地边，看见燕麦地里有个黑乎乎的东西，在那里不停地旋转。怎么回事啊？

　　不会是牲口闯进了它不该去的地方吧？

　　仔细一瞅，妈呀，一头老熊进了燕麦地！它身子趴着，两只前掌搂住一束麦穗，正吮吸得起劲呢！看来，这燕麦浆水正对它的胃口。

　　猎人没带猎弹。身边只有一颗小霰弹——他去打鸟，还留着一颗。

　　这猎人胆儿大。"唉！"他寻思着，"管它打死打不死，我放它一枪再说。总不能眼看着这庄稼又叫老熊给糟蹋了呀！不给它点颜色瞧瞧，它不会离开这麦地的。"

　　他装上小霰弹，照准狗熊咚地放了一枪。

　　这震耳的一响，就在狗熊的耳朵边，狗熊没提防，吓得它猛地蹦了个高。随即像只鸟儿似的，呼一下蹿进了麦地边的矮树林。

　　蹿过矮树林，翻了个大跟斗，爬起来，头也不回地向树林跑去。

　　猎人看到平常觉得挺厉害的狗熊竟这么禁不起吓，不由得笑了。

他回家去了。

第二天，他想："得去看看地里的燕麦给狗熊糟蹋了多少。"他来到昨天开枪那个地儿，一瞧，一路上都有熊的稀屎，一直延伸到树林里，原来，昨天的狗熊是吓拉稀了。

他顺着屎迹找过去，只见狗熊躺在那里，僵僵的，死了。

这么说，冷不丁给它这一吓，还真把它吓死了——这狗熊，还是森林里最强大最可怕的野兽呢！

救熊一命的竟是一只苍蝇

熊老来偷农人的麦穗吃，每天晚上都来。偷吃不说，还大片大片地踩倒，把麦子糟蹋得满地狼藉。农人们可遭罪了！

一个农人来找塞索依·塞索依奇。

"没辙了，只有来找你老哥儿出手了。"

塞索依·塞索依奇是个猎熊老手。他打熊一打一个准，那把式真是天下无双。他什么猛兽都能拿下，尤其在行的是猎熊。

树林里有一片麦地。塞索依奇在林边选了个地儿，然后上树，在几根粗大的树枝上搭起一个简易棚子来。

白天，塞索依奇用油把枪擦得锃亮锃亮的，这样在月光下才能好好瞄准，打到点儿上。天一擦黑，他就爬上窝棚，悄悄猫在里面了。

一切准备就绪。他坐在树上，等熊出来偷吃麦穗。

有两个点儿一亮闪，接着响起了窸窸窣窣的声音。来了，是熊来了。随后传来咔咔嚓嚓的枯枝断折声，熊进麦地了。可是四围一片漆黑，什么也看不见。

终于等到月亮升起。麦地白亮亮的，像是一泓泻了白银的湖。好了，塞索依奇看见它了，看见熊的身影了！熊就在他蹲守的树底下，用爪子揪麦穗吃呢，一把一把塞进自己嘴里。嫩麦穗的汁液如奶浆般甜香，这味儿熊特别喜欢，所以吃得可带劲儿了！

是送它去见鬼的时候了。

塞索依奇轻轻抬起枪，瞄准那正吃麦穗的野兽。准星已经对好熊脑袋了。可就在这时，飞来个大家伙，黑黑的，直撞塞索依奇的眼睛！

黑家伙落在了枪的准星上。

过了好几分钟塞索依奇才弄明白：这黑家伙是一只苍蝇。

苍蝇小小的，是小小的，但是在人的鼻子底下看起来，就是大大的，大得像一头大象。准星上的苍蝇挡住了塞索依奇的视线。

他怎么瞄也瞄不准。

塞索依奇轻轻把苍蝇赶开——嘘！

苍蝇一动不动。

"佛尤！"他向苍蝇吹了一口气。

苍蝇一动不动。

"佛尤——尤！"他更使劲儿吹。

苍蝇飞走了。塞索依奇再次瞄准的时候，苍蝇又飞回来了！

这不，没法儿瞄准了。

塞索依奇吹气吹得更用力："佛尤——佛！"

苍蝇飞开，又随即转身飞回来。这苍蝇就这么死死叮在准星儿上，赶也赶不走。塞索依奇生气极了，火冒三丈！

就小小一只苍蝇，竟这么坏事儿。塞索依奇把身子尽量朝前移，伸手捋了一把苍蝇……没想到一巴掌打到了枪机上！

咔嚓——咚！枪响了。

枪猛一后坐，塞索依奇脚下的一根树枝断了，他从树上翻落下来，直落到了熊身上。

这倒霉的熊嚼着味道甜美的麦穗，嚼得正来劲呢，压根儿想不到它头顶会猛地落下个什么家伙来。

它吓得魂不附体，一下蹦起身，连头也不回，也没看看天上掉下来的是个什么东西，就没命地逃进了森林。

塞索依奇摔得不算重，伤得不太厉害，很快就没事儿了。熊从此没再来偷吃麦子。那只救熊一命的苍蝇，不知飞哪儿去了。

身裹熊皮的猎人

有一次，城里的猎人到亨泰家来约亨泰去打猎。他们一道进了森林。

他们在树林里走的时候，一个不留神就各走上了一条道。亨泰走的是一个方向，他是带了猎狗去的。城里的猎人去了另一个方向，他没有狗。

城里的猎人走着走着，看见了一个雪堆，看起来样子有些怪异——雪堆前边有一丛矮树，结满了霜，白花花的。

"太不可思议了！"猎人寻思道，"四周都没有霜，偏就这丛矮树上有霜，这是怎么回事呢？"

他捡起一根坚硬的长树枝，使劲儿地往雪堆里猛戳了一下。

哦，原来雪堆里睡着一头大黑熊！这个隆起的雪堆是它冬眠的窝。熊睡在熊窝里，鼻子和嘴巴朝着矮树丛呼吸。就因为这个缘故，矮树丛才结上厚厚的冰霜。

猎人没等熊闹明白是怎么回事的时候，就对着它的脑门开了一枪。它没来得及蹦出来，就被打死了。

冬天日子短。猎人刚抓紧时间剥下熊皮，夜色就沉下来了。

很快，夜幕四合，四周就黑漆漆的了。回去的路怎么找呢？

他只好就在森林里过夜。

越来越冷了。

酷寒让猎人想到了火。可点火得有火柴啊，偏偏他带来的火柴不见了。猎人并没有因此灰心丧气，因为他想起来亨泰曾经跟他讲过一个冬天在森林里过夜的故事。冬天在森林里，只要全身裹上兽皮，睡在雪地上也一样很暖和的。

猎人于是捡起熊皮。熊皮沉甸甸的，的确很像一件大衣。只是这刚刚剥下的熊皮血渍未干，不好穿。他灵机一动，把熊皮翻过来，把自己从头到脚裹了进去，然后躺倒在雪地上。

猎人睡着了。

天快亮的时候，他做起了噩梦，似乎有只熊重重地压在他身上，越压越憋气，他简直喘不过气来……

猎人醒来了。他忽然觉得自己的手脚怎么都不能动弹了。

酷寒把血糊糊的熊皮冻得硬僵僵的了，像个铁箍似的把他上上下下都箍得紧紧的，箍得猎人很难受。

就在这时，猎人听到雪地上响起嘎叽嘎叽的脚步声，渐渐向他靠近。

"这下完了！"猎人想，"我准定活不成了。一定是什么野兽嗅到血腥气，闻到了肉味，现在来撕吃我了。我该怎么办？我连刀子也没法拿呀！"

还好，来的不是野兽，而是亨泰。他的莱卡狗循着脚印，找到了城里来的猎人。

亨泰拿出猎刀，把箍在他身上的熊皮砍开，把朋友从熊皮里拽出来。

这时他说："你的裹法有问题。要毛朝外，这样里面暖和，外面也不会冻起来。"

鼻子被当成了奶头

二月底，从高处刮来的雪堆积在地面，已经很厚了。塞索依·塞索依奇的滑雪板此刻就滑行在这厚厚的积雪上。

这是一片长满丛林的沼泽地。塞索依奇带上他心爱的北极犬"红霞"，跑进了一片丛林。红霞钻进丛林，就不见了身影。

突然，远处传来红霞的叫声。那叫声猛烈而狂暴，塞索依奇马上听出来：红霞遇上熊了。

小个子猎人今天正好带着一管性能靠得住的五响来复枪，因此他心里很高兴，赶忙朝狗叫的方向跑过去。

积雪下面有一大堆倒地的枯木，红霞就是对着这堆枯木狂吠。

塞索依奇拣了个合适的位置，卸下滑雪板，把脚底下的积雪踩结实了，准备猎熊。

没过多长时间，从雪底下探出个宽额的黑脑袋来，两只眼睛滴溜溜闪着绿光，用塞索依奇的话说，这是熊在向人问候哩。

塞索依奇这话说得对，熊瞅过一眼人以后，就又会缩回洞里去躲起来。

兔子的猫妈妈

它躲一阵，然后就又突然往外蹿。所以，猎人要在它没完全缩回去时，就抓紧时间开枪。

但是瞄准的时间不够充裕，塞索依奇瞄得不够准。事后才弄明白，那射出的一颗子弹，只擦破了熊的脸颊。

猛兽跳出来，直扑向塞索依奇。幸好，第二枪差不多击中了熊的要害，把那头熊给打翻了。红霞冲过去，咬住了熊的尸体。

熊扑过来那会儿，塞索依奇没顾得上害怕。可危险过后，这个结实的小个子立刻觉得浑身瘫软，两眼直冒星花，耳朵里嗡嗡响个不停。

他深深吸了一口冷气，像是要把自己从迷糊的沉重思绪中唤醒过来。现在他才充分意识到，刚才的险境有多么可怕。

任何人，甚至最勇敢的人，面对面撞上这么个大块头野兽，等惊险过后都会有这样后怕的感觉。

万万想不到，红霞从熊的尸体旁蹦开，汪汪吠叫，又向那堆枯木扑去，只是，这回是从另一个方向往那里扑。

塞索依奇一看，不由得愣了——从那里又探出了第二个熊脑袋。

小个子猎人立马镇定下来，迅速瞄准，不过这回心神那么不慌乱了。

只一枪，他就把那畜生给撂倒在了枯木旁。

万万想不到的是，几乎就在同一瞬间，从第一只熊跳出来的那个黑洞里，伸出第三个宽额脑袋；随后，又伸出来第四个！

塞索依奇慌了神，他真吓坏了。看来，似乎这片丛林的熊全聚集在这堆枯木下面了，这会儿相继冲出来，向他进攻。

他顾不得瞄准，就连放了两枪，接着就把空枪扔在了雪地里。虽说是心慌，他还是看清楚了，第一枪打出后，那个棕色的脑袋就不见了，第二枪也没打空，只是打中的是自己的红霞——当他射出第二枪的时候，红霞恰恰跑过去，结果误中了枪弹，倒在雪地上。

这时候，塞索依奇不由自主地迈动了发软的双腿，走了三四步，绊倒在被他打死的第一只熊尸体上，摔在那里，失去了知觉。

他这样俯躺着，也不知躺了多久。总之，他惊醒时，有什么东西在钳他的鼻子，钳得很疼。他抬起手想捂住自己的鼻子，然而他的手碰到一个活东西，热乎乎的，毛茸茸的。他睁开眼，只见一对绿眼正直勾勾地瞅着他。

塞索依奇失声大叫起来，使劲儿一挣扎，才把鼻子从那野兽的嘴里挣脱出来。他打着趔趄，跳起身，撒腿就跑，但才迈了几步，又立刻陷在了深雪里，雪厚得齐了他的腰。

他回到家里，这才回过神来，才明白过来：刚才咬他鼻子的是小熊崽子。

他好一阵才平静下来，但终于想明白了刚才是怎么回事。

原来起先那两枪，打死的是一头母熊。接着从枯木堆另一头跳出来的是一只三岁大的熊，是母熊的长子。

这种年轻的熊大都是熊小伙子。夏天，它帮助熊妈妈照料熊弟弟，冬天就睡在它们的近旁的熊洞里。

在那一大堆叫风刮倒的枯木下面，隐藏着两个熊洞：一个洞里躺着熊崽，而另外一个洞里躺的是母熊和它两个一岁大的还在吃奶的小熊。

惊慌失措的猎人把熊崽当大熊了。

跟着熊崽从枯树堆里钻出来的是两个一岁的熊娃娃。它们还小呢。只

不过跟 12 岁的小孩一样重，但它们的额头已经长得很宽，难怪猎人在惊慌中错把它们的头也当作大熊的头了。

当猎人趴在母熊身上眯盹儿的时候，这个熊家庭唯一保留下命来的熊娃娃，来到了熊妈妈身边。它把头向母熊的怀里探伸，想吃奶，却碰到了塞索依奇呼着热气的鼻子，把塞索依奇不太大的鼻子当成妈妈的奶头，就衔进嘴里，使劲吮吸起来。

塞索依奇把红霞就地埋葬在那片丛林里，把那只熊娃娃逮住，带回了家。

第四十头熊

据说，猎人要是碰上第四十头熊，你就是不吉利的。

基普里扬打死过三十九头熊以后，就决意不再去冒犯这号畜生了。从此，他只在高山上进行猎事活动。

在基普里扬住的阿尔泰山区，各种野兽都有自己活动的地盘。熊生活在山下平坦的阔叶林里。森林的安排是这样的：阔叶林上边长的是冷杉林，往上是清一色的雪松林——在这样的林子里，是很少能碰到熊的。

雪峰一带，积雪都很厚，厚得连雪松都难以伸直腰杆。它们贴在地面上，匍匐着，像藤蔓似的在冰冷的山岩上生长。在这样的地方，万一碰上熊这样的猛兽，根本用不着怕它，这样冷的地面不是它的领地，那家伙见到人就会自己转身跑掉。只有到炎热的夏季，皮毛依然茸厚的熊偶尔才会爬到高一层的峰巅去，在那里的空地上，洁净的积雪映衬着碧绿鲜嫩的草丛，在阳光下发着炫人眼目的光。熊喜欢在冰冷的雪褥里躺着打滚，玩一阵，顺便也把寄生在毛根上那讨厌的跳蚤给撵出去。它要是在这里嗅到人的气味，就会像兔子似的飞快直奔下山，逃回它习惯居住的大森林里去。

在这些寒冷而又陡峭的山峰上，倒是能猎到个头很大的野山羊——它们的角有人的胳臂那么大，尖尖溜溜的，往后弯弯地斜挺着，上面鼓突起一圈圈的黑棱。蹿到这里来吃草的，还有那些嘴唇下方翘着两根獠牙的无角鹿——麝。

基普里扬琢磨着碰上第四十头熊会不吉利，所以他只在山上打打麝和野山羊。六月，这是熊忙着繁衍后代的季节，老猎人上山时不再穿过大森林，他顺山崖上的陡峭小径走。这条小路像线一样从山顶直通基普里扬住的小木屋。熊在每年的这个季节特别凶恶，碰上它们可不得了啊。

这次上山来出奇顺利。基普里扬打到了一头很大的野山羊。他小心翼翼地踩着又陡又窄的小路从山顶往下走。他的单筒猎枪里装着一颗子弹，还有两颗子弹留着备用。

小路到悬崖的路段窄得错不开两个对面走的人。

小路上方垂挂下来一堵光溜溜的岩石。基普里扬脚下是个深不可测的山谷。

就在这条小道的拐弯处，基普里扬到底还是冷不防面对面同第四十头熊撞上了。

基普里扬的背上背着一只奇大的口袋，里面装着那只他猎得的野山羊。

背袋的皮带勒进他的双肩，连卸下来都困难，甚至转个身都做不到。

这种情况下要是碰上熊，唯一的办法只有射击。

老猎人面对着这"第四十头熊"，心里说不出的害怕。

在他前边，岩石后面伸出个毛茸茸的黑不溜秋的大脑袋。看得出来，熊对这突如其来的相遇，那种惊讶的程度一点不亚于基普里扬。熊一下停住了脚步。它的小眼睛视力不好，不安地东张西望，不安地扭动身子，喉咙里发出呜呜的声响，从那声音听来，主要是惊恐而不是威胁。

在这陡峭的山崖上，路狭窄得不容两人避让，熊也同他一样，在路上根本没法儿转身。

不是熊就是他，反正总得有一个要被抛下悬崖去，所以，要么是死了的熊给活着的他让出路来，要么是死了的他给活着的熊让出路来。情势不容有第三种选择。

基普里扬还是拖延着没有开枪。他想着熊会顺原路退回去。

天不遂人愿，基普里扬的如意算盘打错了。熊并没有退却，而是发出更可怕的吼嚷声，毛茸茸的脖子伸过来——这个个头庞大的畜生要进攻了。

基普里扬抬起枪，两脚牢牢地在石头上踩稳，瞄准熊的两眼间，咚地开了一枪。

一团烟雾当即遮没了前面那块岩石。

待烟雾散去，熊的脑袋在岩石边消失了。

基普里扬把耳朵侧向深谷听了听，没听见熊沉重的身躯坠落到悬崖下的响声。老人并不着急，他知道山脚下有条湍急的山溪，溪水总在岩石上咆哮，完全可能是咆哮声把熊坠落的声音盖住了。基普里扬深深吸了口气，哦，该他命大！

这山路总算打通了，不吉祥的第四十头熊总算对付过去了。

在继续开步走路前，基普里扬往枪膛里压进了一颗子弹。

当他抬眼往前看的时候，怎么，又见一只毛茸茸的熊，黑不溜秋的脑袋从小路拐弯的地方显露出来，瞪着眼对他呆望。

基普里扬简直没法相信自己的眼睛，他朝熊的两眼间开的枪，竟让眼前这个大畜生毫发无伤！熊额头上粗硬的鬃毛竟依旧一根根向四面支棱开，头部什么伤痕也找不到，细小的眼睛里布满了仇恨的血丝。

基普里扬毫不迟疑，当即端起枪，拿肩膀抵住枪托，就在熊张牙舞爪向他扑来的一刹那，果断地扣动了扳机。

一团硝烟一片雾，烟雾里传来一声吓人的吼叫。基普里扬打了一辈子熊，还从来没有听见过如此可怖的吼叫声。

熊的脑袋又在岩石后面消失了。

基普里扬的手掌心里冒出湿漉漉的汗，脚也发颤了。

这是怎么啦？

不过他还是强使自己清醒意志，往枪膛里压进了一颗子弹。

他睁大眼睛盯着小路拐弯的地方看，怯生生地。他看到岩石后面又徐徐露出一个黑咕隆咚的鼻子，接着是一双闪闪发亮的红眼睛，再接着是一个大野兽的脑袋，乱蓬蓬的额毛上见不到一点血迹。

老猎人的子弹是打得很准的呀，可不吉利的熊却丝毫没损伤。

基普里扬觉得眼前这头熊是怎么的啦：打一枪长高一截，打一枪长高一截，先前只有猎人长筒靴那么高，这会儿都快有他胸脯那么高了。它的头也越来越大。

这次，基普里扬索性直接对准张开的熊大嘴开了一枪。

这是他最后一颗子弹了，弹夹里什么也不剩了！

又是一声骇人的惨叫，一声长长的吼嚷。

老人吓坏了。

　　他手端着的枪里再没有子弹了，没有子弹来对付熊了！

　　他沿着小路向前走去。要是再撞上一个什么可怕的野兽，再来头熊，他就没救了。

　　他才跨过岩石边的拐角，面对面又碰见一头熊，不过这时却发生了让基普里扬想不到的事情：块头硕大的熊惊恐万分地哼了一声，屁股着地，沿小路后退了去。基普里扬大起胆子，鼓足勇气，向熊步步进逼过去，只是不敢跟这头龇牙咧嘴的黑熊靠得太近。

　　熊扭动着身子顺小路的弯道向后撤，基普里扬趁势继续逼进。

　　再往前走，山崖边的小路开阔了些，熊灵巧地一扭身，露出了它短短的小尾巴，一溜烟，跑远了。

　　基普里扬走到悬崖尽头，大熊早在黑压压的雪松林里消失了。

　　老猎人又是受惊又是挨吓，浑身没劲了。他摇晃着身子，好不容易到了山脚下。

　　他在山溪乱石滩上见到了摔裂身躯的头被子弹打穿的第四十头熊和第四十一头、第四十二头熊——他好好活下来了，倒也没有什么不吉利。

　　原来，走在悬崖小路上最前头的是头母熊，它后面跟着三头公熊。

　　在狭窄的小路上只有最后一头熊会倒退着走，在它的后边再没有别的熊挡住它后退的路了。

令人费解的事情

我们这里发生了一件令人百思不得其解的事。

一个放牛的孩子从林边牧场上跑回来，边跑边大声嚷嚷："小牛叫野兽咬死了！"

农人们都"啊——"一声惊叫起来，挤奶的娘儿们甚至号啕大哭起来。

被咬死的，是一头我们这里最逗人喜欢的小牛，还在展览会上得过奖哩。

大家都即刻扔下手头的活儿，径直往林边牧场上奔去，得赶快去看个究竟。

牧场上，只见一条小牛僵僵地躺在树林边上，一个僻静的角落里。它的奶头已经被咬掉了，脖子挨后颈的部位，也被咬出了小洞眼，其他倒也都完好。

"是熊咬的。"对野物有丰富经验的谢尔盖说，"熊就这样，咬死就扔下了。它要等发出臭味了，再来吃。"

"是这样的。"对野物同样很有经验的安德烈说，"毫无疑问，是这样的。"

"大伙儿先散了吧！"谢尔盖说，"咱们在这棵树上搭个棚。熊过会儿不来，那么明天夜里准来。"

这时，大家才想起第三个对野物有丰富经验的人——塞索依·塞索依奇。他个儿小，刚才虽然也挤在人群里，却都没注意到他。

"你也跟我们一起搭伴蹲守吧？"谢尔盖和安德烈异口同声地问。

塞索依奇没有吭声，他绕到一边去，仔细查看地上留下的痕迹。

"不。"他说，"熊不会到这里来的。"

谢尔盖和安德烈耸了耸肩。

"你爱怎么说就怎么说吧！"

大伙儿散去了。谢尔盖和安德烈也走开了。

谢尔盖和安德烈砍了些树枝，在附近的松树上搭起了一个棚棚。

这时，他们看见塞索依奇又来了，带着枪，还有他的猎狗红霞也跟着来了。

他一来，就又察看小牛周围地面上留下的痕迹，不知为什么还仔细看了旁边的几棵树一会儿。

随后，他迈步走进树林。

那天晚上，谢尔盖和安德烈两人猫在棚棚里蹲守着。

蹲守了一夜，也没见什么野兽来。

又蹲守了一夜，还没有守出什么名堂。

第三夜，野兽还没来。

谢尔盖和安德烈两人守得失去了耐心。他们这样交谈起来："可能有什么小线索，我们没注意到，而塞索依奇注意到了。让他说着了，熊不来了。"

"那咱们去问问？"

"问问那头熊？"

"干吗问熊啊？问塞索依奇。"

"咱们也没招儿了。也只好去问他了。"

他们去找塞索依奇。塞索依奇刚从树林里回来。

塞索依奇进门，把口袋往墙角一摞，随即擦起枪来。

"让你说着了。"谢尔盖和安德烈说，"你是对的，熊没来过。这里面的道理，你倒是说给我们听听。"

"你们听没听说过，"塞索依奇问他们，"熊只啃掉了牛的奶头，而扔下肉一点不吃的？"

谢尔盖和安德烈两人你看看我，我看看你，是啊，熊是不会这样闹着玩玩的。

"你们看过地上的脚印吗？"塞索依奇接下去追问他们。

"看过。脚印很大的，都能有二十五厘米宽。"

"爪子很大吗？"

这一问可把两个人全问住了。

"爪子印倒是没留意。"

"这就是了！要是熊脚印，一眼就可以看见脚爪印的。那么，你们倒是说说，有哪一种野兽走路的时候，是把脚爪收缩起来的呢？"

"狼！"谢尔盖连想也没想，随口就把"狼"字说出了口。

塞索依奇只干咳了一声。

"好个脚印专家啊！"

"胡扯！"安德烈说，"狼的脚印跟狗差不离，只是稍稍大一点，稍稍窄一点。猞猁！猞猁走路才往上收起爪子。猞猁的脚印，才是圆不溜秋的。"

"对头！"塞索依奇说，"咬死小牛的，是猞猁，咱们这里管它叫'大山猫'。"

"说着玩儿的吧？"

"不信，你们自己往口袋里看。"

谢尔盖和安德烈急忙跑到背袋跟前，三下两下把系在袋口的带子解开，里面是一张红褐色的大山猫皮。

瞧，事情再明白不过了，咬死我们小牛的就是它！那么，塞索依奇是怎样追上猞猁，怎样结果了它，这就只有他和他的红霞知道了。他们知道，可他们不说，他们谁也不告诉的。

猞猁袭击一条牛，这种事情是十分罕见的，可是偏偏在我们这里就碰上了。

树上的猎人

　　有两个猎人，他们是朋友。一个叫亨泰，森林里生，森林里长，一辈子都在森林里过；另一个则生在城里，长在城里，只是在休假的日子里来找朋友，到森林里打打猎，玩玩。

　　那是秋季的一天，城里的猎人来约亨泰到森林里去打猎。

　　亨泰和城里的猎人朋友一同来到一块林中空地上。

　　时近黄昏，太阳渐渐落到森林后头去了。

　　森林里一片寂静。

　　"哎，你听……"亨泰说。

　　突然，从森林里传来一个声音，急促、低沉而粗浊。这是一头大个子野兽的号叫声。城里来的猎人一听，吓得直哆嗦，浑身汗毛都竖了起来。但是他硬挺着，装出一副不在乎的样子。

　　亨泰知道这样的时候该怎么做。他掏出一管白桦树皮做成的喇叭，紧贴嘴唇，吹出像野兽叫声同样沉闷的声音。他这是要把野兽给引出来呢。

　　果然，随着喇叭的吹响，野兽循声而来。

野兽越走越近。

这时，城里的猎人听见一个笨重的大家伙从密林里挤出来，一根根树枝被压断，接连发出嘎巴声。

一个长着扁平鼻子的头先探出来，接着是一张比铲子还宽的脸伸出来。

哦，原来是一头驼鹿。

别慌，最好是等一会儿，等它走到开阔地看仔细了再开枪。可是，这个城里人缺乏经验，他沉不住气，透过树枝匆匆开了一枪，从枝叶间穿过的子弹只打掉驼鹿的一块角。

驼鹿顿时怒不可遏，向两个猎人猛扑过来。两个猎人扔下枪，慌忙爬上大树。城里人爬的是一棵白桦树，亨泰爬上了一棵歪脖子罗汉松。

驼鹿跑到白桦树下，眼看用它的大角牴不到树上的猎人，就气呼呼用硬蹄拼命刨地。

刨着刨着，白桦树根露出来了，驼鹿用它斧子似的蹄沿刨断了树根。

白桦树晃动起来，开始往地面倾倒。

猎人一看，这树一倒，自己准就没命了，因为一掉到地上，驼鹿三下五除二就会把人踩死了。

好在猎人运气好，这白桦树倒下时，紧紧地靠在了亨泰躲着的那棵罗汉松上。亨泰伸手把朋友抓住，扶他爬上了自己的那棵树。

然而驼鹿也来到罗汉松下，依旧用老办法，用它的蹄子刨地。

亨泰从兜里掏出烟袋，一边给朋友递烟叶一边说："抽口烟吧。"

"这大家伙都要刨倒罗汉松了，咱们眼看命都保不住了——还抽烟！"朋友说。

兔子的猫妈妈

"死不了，"亨泰说，"你放心抽吧。没事的，你看树根在哪里？"

驼鹿就在两个人坐着的树枝下头刨，而树枝是像弯曲的手臂一样长长的斜出来的，驼鹿刨的地方离树根很远。

驼鹿狂躁地刨，刨啊刨啊，刨了一夜，罗汉松下的地被刨出了很大一个坑。它就没想到换个地方去刨——畜生到底是畜生，就是笨！

最后，驼鹿累得支不住了，这才不得不恶狠狠地喷了一下鼻子，呼哧了一声，仿佛是在说："今天算你们命大！"

它快快地离开了。

两个猎人爬下树来，捡起猎枪，回家了。

林中音乐家

老猎人一个人坐在墙根的土台上，吱吱嘎嘎地拉着小提琴。

他很喜欢音乐，想学会拉小提琴。他学得很用心，效果却不理想。不过老猎人不在乎，他觉得只要自己满意就好。

一位他熟悉的农人从旁经过，对老人说："别拉了，杀猪似的，难听！你还是拿起你的猎枪，你拉琴肯定不如打猎有出息。我刚才看见树林里又钻出一头老熊。"

老猎人一听说有熊出没，就立即把琴放一边，向农人仔细打听，问他是在哪儿看见熊的。问完了，他拿起猎枪向树林走去。

老猎人在森林里找了好久，连熊的脚印也没能找到一个。

老猎人找累了，就在一个树墩上坐下休息。

树林里静悄悄的，没有听见树枝发出的咔嚓声，也没有听得有鸟儿的啼叫声。

突然，老猎人听到"津——"的一声。这声音美妙动听，仿佛是弦乐器奏出来的。

过了一会儿，又听到"津——"的一声。

老猎人感到很奇怪："到底是谁，在树林里玩乐器？"

树林深处，又传来"津——"的声音，响声清脆而柔和。

老猎人从树墩上站起来，小心翼翼地循声走去。响声是从树林那边传过来的。

老猎人悄悄走到一棵枞树后面，探身一看，只见树林边上有一棵被雷劈断的大树，树上翘起一些长长的木片。树根上坐着一头熊，它用前爪抓住木片，拽着朝自己身边扳过来，接着又猛地松开爪子。木片弹回去，就颤动起来，空气中随即传来"津——"的声音，好像是弦乐器演奏出来的声音一样。

黑熊低头聆听着，似乎是在欣赏这音乐。

老猎人也侧耳倾听：木片发出的声音多么好听啊！

颤音停止了，黑熊又把木片扳过来，随即又撒爪。

晚上，那位熟悉的农人从猎人的小木屋旁经过。老猎人还是拿着小提琴，坐在那墙根土台上。他用手指拨弄一根琴弦，琴弦轻轻地发出"津——津"的声音。农人问老猎人："怎么啦？你把熊收拾了？"

"没有哇。"老猎人回答说。

"怎么？要和熊交朋友啊？"

"它既然是个跟我一样的音乐家，我怎么能开枪打它呢？"

于是，猎人动情地向那人一五一十说了老熊扳木片奏乐的情景。

从餐桌上逃生的虾

厨房里，板凳上搁着一只浅浅的扁篮子，炉灶上炖着锅，桌子上摆着一只盘子，很大，洁白。篮子里是青黑色的大虾，锅里是用莳萝和盐巴调过味的开水，盘子里什么也没有。

主妇进厨房来，动手操厨：

把手伸进篮子里，抓住一只大虾的背脊；

把虾扔进锅里，让它在里面煮；

用勺子把煮红了的虾给捞出锅来，搁在盘子里。

主妇这么按部就班、有条不紊地操作着，一步接着一步做下去。

一、被抓住背的青黑色的虾心里窝着一股子火，胡须直气呼呼地抖动着，不时张开它的两只大螯，抽动着尾巴；

二、虾在开水里浸泡过后，不再弹跳，也不扭动了，浑身变得通红通红；

三、红通通的虾被放在盘子上，一动不动地躺着，身上直冒热气。

一二三，一二三——篮子里的青黑色大虾越来越少，锅里的开水沸腾着、翻滚着，发出咕嘟咕嘟的声响，白颜色的大盘子里红颜色大虾堆成了

一座小山。

主妇不停地操作着，现在篮子里的虾只剩一只了，最后一只。

主妇用拇指和食指抓住它的脊背。这时，餐厅里有人喊了她一声。

"马上，马上！就剩最后一只了！"主妇回答说。她手忙脚乱，一，把那只青黑色的大虾给扔进了盘子；稍过一会儿，二，用勺子把一只煮红了的虾从盘子里舀出来；三，放进了开水里。

被煮红的虾躺在沸腾的锅里，还是躺在凉盘子，反正都是一样的。那只青黑色的虾可是根本不想进开水锅，也不愿意躺在盘子里被端到餐桌上去。这个世界上，它最想去的是虾过冬的地方。

它没有时间多想了，它立即开始了自己的旅行。它退缩，退缩，不停地往后退缩着身子。

它碰到高高堆放着的一动不动的红虾，就钻到了它们底下。

主妇用莳萝把盘子稍加装饰，点缀一番，就端上餐桌去。

盛着红虾又撒了绿莳萝叶的白盘子看上去很漂亮。大虾很好吃。客人们肚子都饿了，主妇来回忙碌着，谁也没注意青黑色虾从盘子里滚到了桌面上，它退呀，缩呀，躲到了另一个盘子下面，又继续退呀，缩呀，终于挣到了桌子边。

餐桌底下蹲着一只小猫，正耐心等待着：会不会从餐桌上给它掉下一块什么好吃的东西来呢？

突然，一个长着胡须的青黑色家伙啪的一声掉在它面前。

小猫不知道这掉下来的是虾，还以为是一只大黑蟑螂呢，就用鼻子去推了推。

虾朝后退去。

小猫伸出爪子去碰了它一下。

虾举起一只大螯。

小猫觉得不值得去跟它打交道，转过身子，甩起尾巴扫了它一下。

大虾一下子抓住小猫的尾巴，伸出大螯死死夹住了它的尾巴尖。

这时，小猫以为自己惹了大祸了！它来了个大动作，喵呜一声大叫，蹦上了椅子；又喵呜一声大叫，从椅子跳上了餐桌；接着再喵呜一声，从餐桌跳到窗台上；又接着喵呜一声，从窗台蹦出去，落在了院子里。

"捉住它，捉住它，这猫疯了！"客人们喊道。

小猫一阵风蹿过了院子，爬上了栅栏，在花园里狂奔起来。花园里有个池塘，如果虾不松开大螯放掉小猫的尾巴，小猫就非掉进池塘里去不可。

小猫转过身，向后跑，它一蹦三跳，眨眼回到了家里。

池塘很小，里头长满了青草和水藻。拖着根长尾巴的懒洋洋的北螈住在这里，住在这里的还有小鲫鱼和蜗牛。它们一天重复一天的生活，千篇一律，枯燥乏味。北螈游上游下，小鲫鱼游前游后，蜗牛在草叶上悠悠爬动，今天往上爬，明天往下爬，经年累月，没有一点新花样。

池塘里的水突然激溅起来，一个黑不溜秋的身影吐着水泡，沉入了水底。

池塘里的居民们都围拢来看它，北螈们游过来了，小鲫鱼们跑过来了，蜗牛爬下来了。

这发生的事也确实有些看头，这青黑色的怪家伙从触须到尾巴尖通身披着铠甲。它的胸和背全被光滑的甲块包裹着。两只呆滞的眼睛长在两根细柄上，从坚硬的护眼甲上探出来。四对细腿像吃饭用的小叉子，两只大

鳌犹如一双长满牙齿的大嘴。

这些池塘居民有生以来还没有见过虾呢，因此都怀着好奇心向它趋近。虾微微动弹了一下，大家就吓了一跳，赶紧离它远些。虾举起一只前腿，用小叉子夹住自己长在细柄上的一只眼睛，拉出来开始洗涮。

这真是太让人觉得不可思议了，于是又向虾聚拢来观看，有一条小鲫鱼甚至撞在了虾的须条上。

嚓！虾一下子钳住了它，愚蠢的小鲫鱼全然不明白发生了什么呢，就已经被铰成了两截！

小鲫鱼们吓坏了，惊惶地四散开去，逃走了。饥饿难忍的大虾当着大家的面痛痛快快地美餐了一顿。

虾在池塘里每天都吃得饱饱的，日子过得挺惬意。它白天在水藻丛中休息，到晚上就出来到处游荡，用触须摸索池塘底面和青草，用两只大鳌捕捉行动缓慢的蜗牛。

如今北螈和小鲫鱼都怕它，不让它挨近自己，不过，蜗牛多的是，足够让它吃饱肚子了。它吃蜗牛连同它们背上背着的袖珍小屋，也只有这样的食物才能让它的甲壳长得更坚硬。

可惜这池塘里的水是污浊的，到处散发着腐败的气息，臭不可闻，所以它仍旧想回到过去虾儿过冬的地方去。

一天晚上，下起了雨，整整下了一夜。第二天早上，水上涨了，漫溢出池塘。一股水流将它托起，带出了池塘，在一个树桩上撞了一下，接着水流又裹挟它往前涌流而去，把它冲进了一条水沟里。

虾非常高兴，它舒展开宽宽的尾巴，在水上不停地拍打，就跟爬行时那样，拍打一下后退一步，自如地在水沟里游动。

但是雨停后，水沟就又变浅了，游动就又不便利了，虾于是只得爬行了。

它爬了很久。它白天休息，夜间重新上路。从一条水沟汇入第二条水沟，从第二条水沟汇入第三条水沟，从第三条水沟汇入第四条水沟，它不停地后退着，后退着，爬动着，爬动着，可它总也爬不到头，怎么也跑不出多得数不清的水沟。

虾爬得很艰难，到第十天的时候，它肚子饿慌了，就钻到水沟里一根粗木头下等着。它想，也许会有一只蜗牛从它身边爬过，也许会有一条小鱼从它身边游过。

虾在粗木头底下蜷伏着，忽听咚的一声，一个重家伙从岸上掉到了沟里。

虾看见一只短腿大脸面野兽，翘着胡子向它游过来。这家伙，从个头大小看，很像是小猫。

要换个时候，虾一见这样一只模样凶悍的野兽，定会吓得步步后退。但是，此时此刻虾正饥肠辘辘，肚子正需要有点什么东西填充一下。

虾等这只野兽从身旁游过，从后边猛一下用大螯钳住那家伙毛茸茸的大尾巴！虾以为它能像剪刀一样把对方的尾巴铰断，却不料根本不是这么回事儿。这是一只河鼠，它一个前蹿，虾就比小鸟还要轻地从粗木底下飞出来。河鼠将尾巴往后一甩，咔嚓！大虾的螯折成了两段。

大虾跌到沟底，啪嚓，躺在那里不能动弹了。河鼠呢，尾巴上夹着虾的大螯向前游去。还好，不幸中的万幸，河鼠没有用它可怕的牙齿把虾给咬上一口，要不，坚硬的铠甲也根本保不住虾的命！

虾带着剩下的唯一一根大螯继续爬行。

它找到了一些水蚤，吃了以后，来到淤泥地里。它把小叉状的脚伸进淤泥里摸索起来，摸到了一条虫子。它立即把它捉住，从一只脚递到另一只脚，最后把它送进自己的嘴里。

吃了这些东西，虾有了点力气，于是继续向前爬行。

虾在水沟里已经旅行了整整一个月了。忽然有一天，它感到很不舒服，爬也爬不动了。它开始用尾巴在岸边沙土上挖。它刚刚给自己挖出一个小坑坑，身子就开始抽搐起来。

原来是虾要脱壳了。它背朝下，胡须抖动着，尾巴一会儿收拢一会儿松开。最后猛地挺直身子，甲壳在肚子上方裂开，露出淡淡的、红褐色的躯体。虾又猛地抖动一下尾巴，带着触须的甲壳就终于从它身上蜕了下来。这蜕下来的甲壳又空又轻，湍急的水流把它在沟底冲出去一段，然后被急流扬卷到水面，淌走了。活着的虾继续躺在小土洞里。它浑身软弱无力，连蜗牛似乎也能用双角在它的身体上扎出两个窟窿来。

日子一天一天地过去，虾一直躺着不动弹。它的身体在不动弹的日子里慢慢结实起来，重新披上了坚硬的新铠甲，只不过现在的铠甲不再是青黑色的，而是红褐色的了。

还有一个令人惊讶的奇迹：那根被河鼠扯了去的大螯很快重新长了出来。

虾从小洞里爬出来，浑身充满了新的活力，又出发了，它向虾过冬的地方爬去。

这只性格倔强的虾，从一条水沟爬进另一条水沟，从一条小河爬进另一条小河，它的甲壳又渐渐变成青黑色的了。白昼渐渐地一天比一天短去。

阴雨下个不停，水面上漂荡着金黄色的小船——树叶一片一片飘落下来，被水流带走。每天晚上河水都会蒙上一层脆脆的薄冰。

一条小河汇入另一条小河，小河向大河奔流而去。

倔强的虾在大大小小的河沟里游啊游啊，好了，终于来到一条宽阔的大河里，大河黏性土质的两岸望不到头。

在水下不远处散布着燕子窝似的洞眼，密密麻麻的一层一层地排着。每个洞眼里都有一只虾在向外张望，它们微微转动着触须，用大螯互相威胁。这是一座真正的虾城呢。

这位虾旅行家来到这别有的洞天，心里说不出有多高兴了。它在岸边找到一小块空地，也给自己挖了一个舒舒服服的洞穴。它吃饱了，像熊钻进洞穴冬眠似的，要在这儿过冬了。

不是快到万里雪飘、千里冰封的时节了吗？它确实应该开始冬眠了。

它睡熟了。

所有的虾都是这样过冬的。

图书在版编目（CIP）数据

兔子的猫妈妈 /（俄罗斯）维·比安基著；韦苇译 . -- 北京 : 北京时代华文书局，2018.8
（写给孩子的动物文学）
ISBN 978-7-5699-2466-4

Ⅰ . ①兔… Ⅱ . ①维… ②韦… Ⅲ . ①儿童小说－短篇小说－小说集－世界 Ⅳ . ① I18

中国版本图书馆 CIP 数据核字（2018）第 122187 号

写 给 孩 子 的 动 物 文 学
Xiegei Haizi de Dongwu Wenxue

兔 子 的 猫 妈 妈
Tuzi de Mao Mama

著　　者 | [俄罗斯] 维·比安基
译　　者 | 韦　苇

出 版 人 | 陈　涛
选题策划 | 许日春
责任编辑 | 许日春　王雨沉
插　　图 | 赵　鑫
装帧设计 | 九　野　孙丽莉
责任印制 | 刘　银

出版发行 | 北京时代华文书局 http://www.bjsdsj.com.cn
　　　　　北京市东城区安定门外大街 138 号皇城国际大厦 A 座 8 楼
　　　　　邮编：100011　电话：010-64267955　64267677
印　　刷 | 永清县晔盛亚胶印有限公司　0316-6658663
　　　　　（如发现印装质量问题，请与印刷厂联系调换）
开　　本 | 710mm×1000mm　1/16　印　张 | 7.5　字　数 | 90 千字
版　　次 | 2018 年 10 月第 1 版　印　次 | 2020 年 5 月第 2 次印刷
书　　号 | ISBN　978-7-5699-2466-4
定　　价 | 28.50 元